Zu diesem Buch

Tahar Ben Jelloun erzählt eine Geschichte aus dem heutigen Marokko – und zugleich die klassische, exemplarische Geschichte eines Bürgers, der in Konflikt gerät mit der Gesellschaft, in der er lebt, weil er das Spiel der Korruption nicht mitspielen will.

Tahar Ben Jelloun, geboren am 21. Dezember 1944 in Fes (Marokko), studierte Philosophie in Rabat und Psychologie in Paris. Für «Die Nacht der Unschuld» (rororo Nr. 12934) erhielt er 1987 den bedeutendsten französischen Literaturpreis, den Prix Goncourt. In der Reihe der rororo-Taschenbücher liegen ferner vor seine Romane «Sohn ihres Vaters» (Nr. 12302), «Tag der Stille in Tanger» (Nr. 12823), «Der Gedächtnisbaum» (Nr. 12963), «Harrouda» (Nr. 13264) und «Mit gesenktem Blick» (Nr. 13511) sowie der Essay «Die tiefste der Einsamkeiten» (Nr. 8252): «Einblicke in die männliche Scham, in das Unbehaustsein, die Heimatlosigkeit, das Ausgestoßensein. Ein Buch, das die Welt der emigrierten Fremdarbeiter erklärt» («Abendzeitung», München). Tahar Ben Jelloun lebt seit 1971 in Paris.

TAHAR BEN JELLOUN

DER KORRUMPIERTE MANN

ROMAN

Deutsch von Christiane Kayser

rororo

ROWOHLT

Veröffentlicht im
Rowohlt Taschenbuch Verlag GmbH,
Reinbek bei Hamburg, September 1996

Die Originalausgabe erschien 1994 unter dem Titel
«L'Homme rompu» bei Éditions du Seuil, Paris

Umschlaggestaltung Britta Lembke
(Foto: Jürgen Brockmann)
Gesamtherstellung Clausen & Bosse, Leck
Printed in Germany
1290-ISBN 3 499 13924 3

DER
KORRUMPIERTE
MANN

DIESES BUCH verdanke ich Pramoedya Ananta Toer, dem großen indonesischen Schriftsteller, der heute unter Hausarrest in Djakarta lebt und nicht veröffentlichen darf.

Als ich nach Indonesien reiste, versuchte ich, ihn zu treffen, um ihn meiner Solidarität zu versichern und ihm meine Bewunderung auszudrücken. Man hat mir von einem Besuch bei ihm abgeraten. Ich hätte ihm damit schaden können.

Ich hatte dort seinen 1954 erschienenen Roman *Korruption* gelesen. Als Zeichen meiner Ehrerbietung und um ihm meine Unterstützung von Schriftsteller zu Schriftsteller auszudrücken, habe ich den *Korrumpierten Mann* geschrieben, einen Roman über die Korruption, diese Plage, die heutzutage in den Ländern des Nordens genauso alltäglich geworden ist wie in denen des Südens.

Die Geschichte spielt im heutigen Marokko. Ich möchte Pramoedya Ananta Toer damit sagen, daß die menschliche Seele unter einem anderen Himmel, Tausende Kilometer entfernt, manchmal den gleichen Dämonen nachgibt, wenn sie vom gleichen Elend zersetzt wird.

Diese ähnliche und doch andere, lokale und doch universelle Geschichte bringt uns Schriftsteller des Südens einander näher, selbst wenn dieser Süden im Fernen Osten liegt.

T. B. J.

WIE ÜBLICH ist der Bus zu spät, und als er endlich kommt, platzt er fast aus den Nähten. Ich sehe auf meine Uhr. Entweder bleibe ich bei meiner Absicht einzusteigen, wobei ich mich zwischen die anderen drängeln und einige Füße platt treten werde, oder ich gebe auf und riskiere, zu spät ins Büro zu kommen. Dabei bin ich doch immer pünktlich. Mehr aus Prinzip als aus Schrullenhaftigkeit. Mir bleiben zwei weitere Lösungen: ein Taxi nehmen – das kostet zehn Dirham, das heißt zwei Packungen Casasport bleu – oder zu Fuß gehen und außer Atem im Büro ankommen. Ich wollte das Rauchen schon lange aufgeben. In meinem Fall geht es dabei mehr um Sparen als um Schonung für die Lungen. Beim letzten Arztbesuch hat mir der Dienstarzt gesagt: «Herr Mourad, für einen Raucher wie Sie sind Ihre Lungen sauber.» Ich habe mir nur das gemerkt. Doch wenn ich lange zu Fuß gehe oder Treppen steige, gerate ich außer Atem, und das hat der Arzt nicht gesehen. Ich beschließe also, ein Taxi zu nehmen, und schwöre mir, keine Zigaretten mehr zu kaufen. Der Fahrer ist schlecht gelaunt. Er kurbelt immer wieder sein Fenster hinunter, spuckt auf die Straße und stößt Beschimpfungen aus. Ich wage nicht, ihn zu fragen, auf wen er es abgesehen hat. Der Fahrer redet vor sich hin. Dann wendet er sich mir zu und sagt: «Seit zehn Jahren fahre ich diese Taxe; stellen Sie sich vor, ich zahle immer noch ab für den, der mir die Lizenz besorgt hat. Das ist ein Hurensohn! Ich arbeite Tag und Nacht, um meine Schulden abzuzahlen. Den Hurensohn selbst sehe ich nicht mehr. Er hat sein Geld. Aber ich schulde es meinem Onkel, der es mir vorgestreckt hat. Das war die einzige Möglichkeit.»

Unterwegs mache ich meine tägliche Abrechnung: Taxi: 10 Dirham; Mittagessen: 33 Dh.; Kaffee: 5 Dh.; Zigaretten: 5 Dh.; 54 Dh. für das Geographiebuch für Wassit; und dann brauche ich mindestens 100 Dh. für den Arztbesuch der Kleinen, dazu noch die Medikamente. Kurz und gut, es reicht hinten und vorne nicht. Das ist nichts Neues. Ich weiß es, und falls ich es vergessen sollte, erinnert mich meine Frau Hlima daran.

Im Büro sagt mir der Schaouch kaum merklich guten Tag. Hier hängt die Herzlichkeit der Begrüßung nicht vom Dienstgrad ab, sondern vom Zusatzverdienst, den die Stelle abwirft. Ich bin Ingenieur. Meine Aufgabe ist es, im Rahmen der Verwaltung die Akten zu den Bauvorhaben zu bearbeiten. Ohne meine Unterschrift gibt es keine Baugenehmigung. Es ist ein bedeutender und sehr geneideter Posten. Mein genauer Titel klingt pompös: «Stellvertretender Leiter für Planung, Prospektion und Fortschritt». Zu etwas müssen mein teilweise durch Studien an einer französischen Hochschule erworbenes Ingenieurdiplom und mein Abschluß in Wirtschaftswissenschaften an der Mohammed-V-Universität von Rabat schließlich gut sein.

Mit meinem bescheidenen Gehalt bestreite ich den Lebensunterhalt meiner Familie, zahle das Schulgeld meiner Kinder, die Miete und unterstütze meine Mutter. Ich komme nicht hin. Ich lebe, dem Krämer sei Dank, auf Pump. Ich weiß, daß ich mir kein drittes Kind leisten kann.

Auch wenn ich immer wieder zu hören bekomme, daß jede Geburt ein Kapital ist, daß Gott Wege findet, die Bedürfnisse der von ihm geschaffenen Wesen zu befriedigen, ich bleibe unerbittlich, und um die Debatte zu beenden, habe ich Hlima gezwungen, sich eine Spirale einsetzen zu lassen. Da hat sie mir wütend entgegengeschleudert: «Dein Mitarbeiter, das ist wenigstens ein richtiger Mann! Er verdient weniger als du und lebt in einer prachtvollen Villa, hat zwei Autos, seine Kinder gehen auf die französische Schule, und außerdem schenkt er seiner Frau einen Ferienaufenthalt in Rom! Du dagegen schenkst mir eine Spirale, und wir essen nur zweimal in der Woche Fleisch. Das ist kein Leben. Die Ferien verbringen wir bei deiner Mutter, in diesem alten Haus in der Medina von Fes. Das nennst du Ferien. Wann wird dir endlich bewußt, wie mies unsere Lage ist?»

Meine Lage ist mehr als mies, sage ich mir. Ist es meine Schuld, daß alles teurer wird, daß die Reichen immer reicher werden und die Armen wie ich ihrer Armut verhaftet bleiben? Ist es meine Schuld, daß die Dürre die Armen weiter verarmt hat? Was tun? Stehlen? Sich das Eigentum der anderen aneignen und sie glauben lassen, Anlagen würden ihnen mehr einbringen?

Während ich darüber nachdenke, betritt mein Stellvertreter Hadj Hamid pfeifend den Raum.

– Tag, Chef! Wie war die Nacht?

– Danke, gut.

Am meisten hasse ich an diesem Menschen seine Arroganz und sein Lächeln, das unendlich viel unterstellt. Auch wenn wir nicht im selben Büro sitzen – eine gläserne Tür trennt uns –, geht mir dieses Individuum auf die Nerven. Ich mag sein süßliches Rasierwasser nicht. Um die Wirkung dieses Duftes zu verringern, muß ich die Fenster aufreißen. Ich mag auch das Geräusch seines goldenen Armbands beim Schreiben nicht. Hadj Hamid ist das Gegenteil eines kultivierten Menschen. Wahrscheinlich hat er noch nie in seinem Leben ein Buch gelesen. Morgens verbringt er eine gute Stunde mit der Lektüre der marokkanischen Presse. Ich frage mich, wie man so viel Zeit mit dem Lesen so nichtssagender Zeitungen verbringen kann. Vielleicht liest er sie ja auch nicht. Und tut nur so. Spielt sich auf. Ab und zu kommentiert er mit lauter Stimme, zum Beispiel: «Saddam, das ist doch ein richtiger Mann!» Ich verspüre wirklich den Drang, zu reagieren und etwa zu sagen: «Du nennst den einen richtigen Mann, der sein Volk acht Jahre lang in den Iran zur Schlachtbank geschickt hat und dann noch alles tat, um einen Krieg mit der halben Welt herbeizuführen?» Doch ich schweige lieber. Ich habe sowieso keine Wahl. Wenn ich anfange, mit Hadj Hamid zu diskutieren, muß ich weit ausholen und nichts beiseite lassen. Jedoch gibt es Dinge, die ich bemerke und nicht zur Sprache bringen möchte, wie zum Beispiel den Besuch von Hakim, einem reichen Großgrundbesitzer, der sich mit Vorliebe in Metaphern und Andeutungen ausdrückt. Oft benutzt er Sprichwörter. Manche sind schön und rätselhaft wie dieses: «Das Minarett ist zu Fall gebracht, der Friseur wurde erhängt» oder jenes: «Küsse die Hand, die du nicht beißen kannst». Ich weiß, daß die Verhandlungen außerhalb des Büros stattfinden. Hierher kommt Hakim der Form halber, um Dokumente zu bringen oder abzuholen. Ihr Getue entgeht meinem mißlaunigen, jedoch anwesenden Auge nicht. Es gibt auch Geschenke in Form von Naturalien, Säcke Weizen, Kästen Obst oder ein Schaf zum Aïd el Kebir, dem Opferfest. All das wird der Großzügigkeit der Bauern zugeschrieben. Hadj Hamid schätzt diese Gesten sehr. Einfach so, ohne Grund. Weder angezeigt, noch denunziert. Keine vertraulichen Berichte. Jedenfalls gibt es keine Beweise. Das ist das Wesen der Korruption: sie ist nicht direkt sichtbar. Man könnte höchstens eine Falle stellen. Dazu bin ich nicht schlau genug. Ich habe keine Polizistenseele, selbst wenn mir sehr der Sinn danach steht, das Land von solchen Praktiken zu säubern. Sicher, ich bin der Boß, auch wenn ich feststellen muß, daß meine Macht bedroht ist. Sicher, ich unterschreibe die Papiere, doch es ist nicht auszuschließen, daß es geheime mündliche Verhandlungen gibt. Ansonsten müßte ich Tag und Nacht mit Hadj Hamid verbringen. Ihm nicht von der Seite weichen. Nein, das ist unmöglich. Gott sei Dank sitzen wir nicht im gleichen Büro. Er ist langweilig, eingebildet und hochnäsig. Ich erinnere mich an jenen ägyptischen Polizeibeamten, der einzog bei der Person, die er bewachen sollte. Dieses enge Zusammenleben hat ein böses Ende gefunden. Der Überwachte hat den Polizisten schließlich umgebracht. Ich möchte nicht wegen dieses schleimigen Mitarbeiters sterben. Möglicherweise ist er der einzige Mensch im ganzen Hoch- und Tiefbauamt, der sich

Brillantine ins Haar schmiert. Auch das ist unerträglich. Dieser Geruch nach ranzigem Öl bringt mich auf. Vielleicht werde ich ihn eines Tages erwürgen. Jedenfalls wird er nicht befördert. Braucht er auch gar nicht. Sein Gehalt ist rein symbolisch. Die paar tausend Dirham reichen nicht für seine Europareisen und seine Omra, die kleine Pilgerreise nach Mekka, alle zwei Jahre.

Die Schaouchs mögen Hadj Hamid. Er ist großzügig, beredt, aufmerksam. Er kennt ihre Probleme, hilft ihnen, gibt ihnen abgelegte Kleider, vergißt zu den Feiertagen nie ihre Kinder. Er ist ein guter Mensch. Freitags verläßt er das Büro um elf und geht in die Moschee. An dem Tag ist er ganz in Weiß; Djellaba, Hemd, Serual, Pantoffeln, alles weiß. Nach dem Gebet geht er zum Mittagessen und erscheint mit einer guten halben Stunde Verspätung im Büro. Ich sage nichts. Ich notiere mir seine Verspätungen und die jeweiligen Daten. Man kann nie wissen. Vielleicht gibt es eines Tages ein Disziplinarverfahren gegen ihn, oder er wird sogar vor Gericht zitiert. Aber so etwas passiert so gut wie nie. Ich erinnere mich an einen meiner Vettern, der den größten Teil seines Lebens Volksschullehrer war und eines Tages Schulinspektor wurde und die Möglichkeit entdeckte, sich mit den Inspektionsberichten etwas dazuzuverdienen. Kaum hatte er begonnen sich zu bereichern, wurde er angezeigt und verhaftet. Vor dem Untersuchungsrichter versuchte er sein Benehmen zu rechtfertigen und erklärte, daß die schlechte Bezahlung der Leute die Korruption geradezu herausfordert. Er hielt einen ziemlich detaillierten Vortrag über das, was er die Schattenwirtschaft nannte, die die

Löcher im Staatshaushalt stopft, und er forderte zum Schluß die Legalisierung dieses persönlichen Beitrags der Leute, um das Land weiterzubringen. Seine kluge Rede riß ihn noch mehr hinein. Er wurde zu fünf Jahren ohne Bewährung verurteilt. Drei Jahre später wurde er freigelassen, er hatte eine Wut im Bauch und verschwand. Einige sagen, er handele mit Rauschgift, andere behaupten, er sei nach Kanada ausgewandert, wo er gefälschte Perserteppiche verkaufe.

Es gibt auch jenen geheimnisvollen Besucher, einen großen kahlköpfigen Menschen, der sich Marrakchi nennt. Sobald er das Büro Hadj Hamids betritt, erhebt der sich und geht mit ihm auf den Flur. Anscheinend bereiten ihm diese Besuche wenig Freude. Danach ist er oft schlecht gelaunt. Ich glaube, daß dieser Mensch Hadj Hamid erpreßt. Zu gerne würde ich dieses Geheimnis lüften, mit ihm diskutieren und ihn eventuell als Zeugen einsetzen. Doch das ist unmöglich. Ich bin ein ruhiger Mensch. Mir geht es einzig und allein darum, in Würde die Zukunft meiner Kinder zu sichern. Ich bin zu allen Opfern bereit, doch nicht dazu, meine Prinzipien zu verletzen und wie die anderen zu handeln. Manchmal bereue ich jedoch einen kurzen Augenblick lang, das Bündel Geldscheine nicht genommen zu haben, das Herr Foulane, ein Immobilienspekulant, auf einen Kaffeehaustisch in der Stadt gelegt hatte. Es müssen bestimmt eine Million Centimes gewesen sein. Mit einer Million könnte ich ein Moped, ein Kleid für Hlima und einen Sonntagsanzug für jedes der Kinder kaufen; wir würden alle gemeinsam zum Fischessen in ein Restaurant gehen, ich würde amerikanische Zigaretten rauchen und mir vielleicht eine Montechristo

Spezial Nr. 1 leisten für achtzig Dirham, den Preis zweier normaler Essen. Eine Unterschrift, eine kleine Unterschrift unten auf einer Seite würde genügen. Nein, ich bin nicht käuflich. Wütend war ich aufgestanden und aus dem Kaffeehaus gestürmt. Foulane hatte mich eingeholt: «Aber, man hat mir versichert, eine Million sei genug... Wenn Sie mehr wollen, können wir uns sicher einigen, nehmen Sie dies hier als Vorschuß, und nach der Unterzeichnung bekommen Sie den Rest...» Ich hatte ihn angesehen und dann auf den Boden gespuckt: «Ich bin nicht bestechlich.»

War ich wütend, weil jemand an meiner Redlichkeit gezweifelt hatte oder weil ich im Grunde meines Herzens bereute, so viele Skrupel zu haben? Diese Frage bohrt weiter in mir. Ich darf auf keinen Fall mit meiner Frau darüber sprechen. Sie wäre imstande, mich zur Tür hinauszuwerfen. Ihre Zornesausbrüche sind furchtbar. Sie näht in Heimarbeit, damit wir über die Runden kommen. Sie sagt oft, daß sie kein Glück hat. Alle ihre Schwestern haben begüterte Männer geheiratet und führen ein gutes Leben. Sie hat mich aus Liebe geheiratet. Wir haben uns auf der Universität kennengelernt. Kurz nach unserer Heirat wurde Hlima schwanger und konnte weder ihr Studium fortsetzen noch eine Ganztagsarbeit annehmen. Die Dinge entwickelten sich langsam, vor allem unter dem Druck der Familie, zum Schlechteren. Sie könnte mit einem Ehemann mit bescheidenem Auskommen in Frieden leben, doch ihre Umgebung paßt auf und hält sie zur Aufmüpfigkeit an. Ihr Vater sagt nichts. Er schätzt mich, kennt meine Ernsthaftigkeit und meine Ehrlichkeit. Die Mutter ist scheinheilig. Sie ist äußerst freundlich zu mir, doch sobald ich den Rücken gekehrt habe, macht sie sich über mich lustig. Sie findet mich klein, arm und farblos. Nie verpaßt sie eine Gelegenheit, mir gegenüber Bemerkungen fallenzulassen wie: «Sidi Larbi kauft ein neues Auto, ich könnte meine Tochter bitten, mit ihm zu reden, damit er Ihnen sein altes zu einem guten Preis verkauft... Was so ein Auto wohl kosten mag? Fünf, sechs Millionen, das ist doch heute kein Geld mehr!»

Dieser Sidi Larbi ist genau der Typ, den ich nicht ausstehen kann. Ein unlauterer Rechtsanwalt, der sich an Schmerzensgeld bei tödlichen Autounfällen bereichert. Er einigt sich mit den Versicherungen, gibt einen Teil an die Familien der Opfer und teilt sich den Rest mit einer Reihe von Versicherungsagenten. Sein Wohlstand ist augenfällig, und er schläft sehr gut. Er kann überall und zu jeder Zeit einschlafen. Er schlingt beim Essen, rülpst und hält schnarchend seinen Mittagsschlaf. Das Geld kommt von überall, und nichts kümmert ihn. Für ihn bin ich ein Versager, ein armer Typ, der sich dem modernen Leben nicht anpassen kann.

Es stimmt, ich konnte mich nie anpassen, wie sie sagen. Was heißt sich anpassen? Es wie die anderen machen, im richtigen Moment die Augen zudrücken, seine Prinzipien und Ideale beiseite schieben, keinen Sand ins Getriebe streuen, kurz und gut: stehlen lernen und die anderen daran teilnehmen lassen. Ich schaffe das nicht. Ich kann nicht einmal lügen. Ich bin nicht schlau. Ich weiß, daß ihre «Maschine» nicht mit Leuten wie mir läuft. Ich bin das Sandkorn, das hineingerät und sie zum Knirschen bringt. Ich gebe zu: mir gefällt diese Rolle. Sie ist einzigartig, selten und notwendig. Ich opfere mich auf, auch wenn meine Frau und meine Kinder es dadurch schwer haben. Darauf bin ich stolz. Daß sie sich davon nichts kaufen können, weiß ich auch. Ich will gar nicht weiter darauf herumhacken. Ich weiß nur, daß meine Schwiegermutter nicht nur scheinheilig ist, sondern daß sie in einem anderen Zusammenhang eine gute Puffmutter abgegeben hätte. Sie hat ihre Töchter ja auch nicht nach dem moralischen oder intellektuellen Status der Bewerber verheiratet, sondern nach deren finanzieller Situation. Man könnte sagen, sie verhökerte ihre Töchter an die Meistbietenden. Natürlich spielt sich das alles auf versteckte, verschleierte, indirekte Weise ab, nie offen. Nur ich werde schlecht von ihr behandelt, ich verderbe das Gesamtbild. Ich bin ihr Irrtum, der nie Aufnahme in diese Familie hätte finden dürfen. Sie hatte es ihrer Tochter gesagt, aber schließlich nachgegeben und auf meine mögliche Anpassung an die Maschine gezählt. Ich habe sie enttäuscht. Ich bleibe passiv, ruhig und rege mich nicht auf. Doch das Geschrei meiner Frau schmerzt mich. Sie versteht mich nicht. Zwischen ihr und mir gibt es keine Solidarität, keine Komplizenschaft. Wir sind arm und sollten nicht über unsere Verhältnisse leben, als seien wir reich. Das ist doch einfach, aber sie weigert sich, der Wahrheit ins Auge zu sehen. Sie regt mich auf mit ihrer Manie, Vergleiche zu ziehen. Ich hasse es, wenn man das Unvergleichbare miteinander vergleicht. Zwischen Sidi Larbi und mir klafft ein Abgrund. Wir haben nichts gemeinsam.

Warum habe ich Hlima geheiratet? Das frage ich mich oft selbst. Ich versuche, in meinem Gedächtnis den verhängnisvollen Augenblick wiederaufleben zu lassen, an dem diese Entscheidung fiel. Ich bin nicht einmal sicher, daß ich mich entschied. Wahrscheinlich haben sie etwas nachgeholfen. Wie ich feststelle, trifft der Mensch oft ziemlich schnell und sogar leichtfertig eine Entscheidung von großer Bedeutung und Tragweite, ohne sich darüber im klaren zu sein, daß er sein kostbarstes Gut, seine Freiheit, und manchmal sein ganzes Leben aufs Spiel setzt. Der gleiche Mensch überlegt stundenlang, bevor er irgendeinen Gegenstand kauft, zögert bei der Wahl zwischen zwei Hemden oder zwei Krawatten, bittet einen Freund oder einen Automechaniker um Rat, bevor er sich zum Beispiel für ein Auto entscheidet.

Mir scheint, ich hatte nicht einmal das Recht zu zögern oder nachzudenken. Dazu muß man wissen, daß Hlima die älteste Tochter war und möglichst schnell unter die Haube gebracht werden mußte, um den jüngeren Schwestern den Weg freizumachen. Wir hatten uns an der Universität kennengelernt, ich liebte ihren üppigen Mund und ihre prallen Brüste. Ich träumte wie ein Kind von ihr. Ich begehrte sie. Wollte meinen Sexualtrieb befriedigen. Sie war da, verweigerte sich mir aber. Es war klar, welcher Preis entrichtet werden mußte: die Ehe, denn in ihrer Familie berührt man außerhalb der Ehe keinen Mann. Das sagte sie mir und beugte sich über mich, ihre herrlichen Brüste lugten hervor, einige Sekunden lang, dann richtete sie sich auf und sagte mir blinzelnd, daß sie meine Nase liebte. Das überraschte mich. Es war das erste Mal, daß jemand meine Nase erwähnte, an der nichts Besonderes ist. Ich fand es amüsant. Ließ mich gehen, nahm ihre Hand und führte sie an meine Lippen, wie ich es bei Cary

Grant und Ingrid Bergman gesehen hatte. Das war meine romantische Viertelstunde. Ich glaubte, das Leben sei Kino. Meinen Film ließ ich auf großer Leinwand in Schwarzweiß ablaufen, mit Jazzmusik, Duke Ellington am Klavier, und mir, der ich mich Hlima mit klopfendem Herzen näherte; sie, in Großaufnahme, mit bebenden Lippen, schließt die Augen, um ihren ersten Kuß zu bekommen, läßt sich in meine Arme fallen, während ich auf die Uhr schiele, denn sie muß vor der Rückkehr ihres Vaters zu Hause sein.

Unser Kino dauerte einige Wochen. Wir konnten nirgendwo hingehen. Wir fanden für unsere Flirts in den dunklen Lichtspielsälen Unterschlupf bis zu dem Tag, an dem uns ihr großer Bruder erwischte. Da verstand ich, daß es keinen Frieden geben würde, bis ich diese Beziehung vertraglich festschrieb. Einmal, ein einziges Mal, waren wir alleine und fast nackt im Zimmer eines Freundes, der mir die Schlüssel überlassen hatte und ins Wochenende gefahren war. Sie hatte mich total erschöpft. Ich mußte mit ihr kämpfen, damit sie ihre Kleider auszog. Es gelang mir, ihr den Büstenhalter zu entreißen, doch sie behielt das Höschen an. Da war sie schon stärker als ich. Ihr Körper gab sich nicht hin, er mußte bezwungen werden, und das einzige Mittel war der legale Weg, der mich ein Leben lang an die Kette legen würde.

Als ihr Bruder mich vor der Uni erwartete, wußte ich, daß sie untereinander alles geregelt hatten. Das Kino und sogar das Zimmer meines Freundes waren ein abgekartetes Spiel gewesen. Ihr Bruder sollte uns überraschen, hatte sich aber zufälliger- oder glücklicherweise in der Etage geirrt. Doch das alles sagt mir nicht, warum ich sie geheiratet habe. Sicher, ich wollte sie besitzen, wußte aber wenig über ihre Familie.

War es Liebe? Meine Schüchternheit, meine Komplexe und meine Ernsthaftigkeit waren Hindernisse auf dem Weg zur Wahrheitsfindung. Heute weiß ich, daß ich sie begehrte. In der ersten Zeit unserer Ehe verbrachten wir viel Zeit damit, uns zu lieben. Verwunderlich war, daß sie im Bett außer Rand und Band geriet. Sie liebte mit dem ganzen Körper. Eines Tages zog sie ein islamisches erotisches Handbuch von Scheik Nafzaoui unter dem Bett hervor und beschloß, daß wir einen Monat lang alle vom Scheik beschriebenen Stellungen durchproben würden. Es waren neunundzwanzig. Das war komisch: wir liebten uns mit einem Handbuch vor Augen. Sie kannte dieses Buch auswendig und trug mir ganze Absätze daraus vor. Einige Bezeichnungen von Stellungen sind mir im Gedächtnis geblieben; ich fand sie lustig, wie zum Beispiel «der Koitus des Schmieds», «der Kamelhöcker» oder «die Archimedesschraube», usw. Warum Schmied? Zu einem bestimmten Zeitpunkt liegt die Frau auf dem Rücken, «ihre Knie beugen sich hin zur Brust, damit ihre Vulva hervorragt, der Mann vollführt die Bewegungen des Koitus und zieht sein Glied dann heraus und läßt es zwischen die Schenkel der Frau gleiten, wie der Schmied, der das glühende Eisen aus dem Feuer zieht...»

Wir vergnügten uns genausoviel bei der Lektüre wie beim Versuch, Scheik Nafzaouis Ratschläge anzuwenden. Neunundzwanzig verschiedene Arten. Eine pro Tag. Doch im großen und ganzen ähneln sie einander alle: die Frau liegt immer unter dem Mann.

Am Tag ihrer Menstruation legte sie sich auf den Bauch, schob ein Kissen unter sich, um den Hintern schön hochzuhalten und bedeutete mir, sie von hinten zu nehmen. Diese Stellung wurde im Buch nicht dargestellt. Ich glaube sogar, daß der Scheik davon abrät, sich der Frau während ihrer Tage zu nähern.

Ich weigerte mich. Ich mag keine Sodomie. An jenem Tag wandte sie sich zum ersten Mal gegen mich. Sie stand auf und sagte: «Du bist kein Mann!» Ich saß auf der Bettkante, mein Schwanz war auf seinen kleinstmöglichen Umfang zusammengeschrumpft; ich kam mir lächerlich vor und begriff, daß mein Leben sich durch diese Beschimpfung und vor allem durch meine fehlende Reaktion nach und nach zu etwas wandeln könnte, das bald der Hölle gleichkommen würde.

Am nächsten Tag versuchte ich, mit ihr über den Zwischenfall des Vortags zu sprechen. Es war verlorene Liebesmühe. Sie hatte ihre eigene Definition von Männlichkeit, und ich erfuhr bestürzt, daß körperliche Gewaltanwendung – Schläge – eines der Zeichen dafür war. Sie forderte mich also auf, sie zu schlagen, während wir uns liebten. Wir waren weit entfernt von den zarten, romantischen Küssen zwischen Cary Grant und Ingrid Bergman. Wir waren im Alltag gelandet. Sie teilte mir mit, sie sei schwanger, und ich sei während dieser Zeit gebeten, sie nicht anzufassen. Ich gebe zu, daß mir dieses Verbot entgegenkam. Ich schlief alleine im Wohnzimmer und begann, an meine Kusine Najia zu denken, die gerade ihren Mann verloren hatte.

Mit Najia war es Liebe. Ich liebte ihre Stimme, die Sanftheit ihrer Bewegungen, das Vergnügen, das sie beim Sprechen über die von ihr gelesenen Bücher verspürte, die Verschämtheit bei unseren Begegnungen. Ich sah sie fast heimlich, wenn sie meine Mutter, ihre Tante, in Fes besuchte. Sie kam mit ihrer Mutter, und während die beiden Schwestern sich unterhielten, trafen wir uns auf der Terrasse wie Kinder und plauderten. Damals war sie mit einem jungen Arzt verlobt. Sie liebte ihn. Ich wußte das und wagte nicht, ihr meine Gefühle zu gestehen. Wenn sie mir Fragen nach Hlima stellte, antwortete ich ausweichend. Ich wollte sie nicht in meine Geschichten hineinziehen. Ich hätte beharrlich sein können und sie vielleicht geheiratet, doch meine Mutter sagte mir, sie sei meine «Milchschwester»; sie habe sie während der Krankheit ihrer Schwester gestillt. Ich weiß nicht, ob das wahr ist. Jedenfalls wurde das als Hauptgrund angeführt. Vielleicht wollten die beiden Schwestern keine Heirat zwischen Vetter und Kusine und benutzten diese Ausrede, um jeden Versuch eines Verhältnisses zu unterbinden.

Sie sieht ihren Vater, der eine zweite Frau geheiratet hat, nur selten.

Wenn ich wieder an Najia denke, wird mir das Ausmaß des Irrtums klar, den ich beging, als ich Hlima heiratete, die mit einem Rohling oder einem bestechlichen Mann glücklicher geworden wäre.

Ich erinnere mich an die ersten Jahre, als ich meinen Dienst in dem dem Wirtschaftsministerium unterstellten Bauamt antrat. Hlima schlug mir als erste vor, eine Kommission für jede von mir unterzeichnete Akte zu verlangen. Das führte zu einer unserer heftigsten Auseinandersetzungen. Zuerst versuchte ich, ihr zu erklären, daß die Korruption ein Krebs sei, der das Land zerfrißt, und daß meine Erziehung, meine Moral und mein Gewissen sich diesen Praktiken entschieden entgegenstellen. Sie sagte mir zum zweiten Mal, ich sei kein Mann! Diesmal lachte ich. Das ertrug sie nicht und begann, mir Gegenstände an den Kopf zu werfen. Um ihrer Hysterie Einhalt zu gebieten und sie zu beruhigen, sah ich in ihr eine Art Feuersbrunst, stürzte ins Bad, füllte einen Eimer mit Wasser und goß ihn über ihr aus. Das wirkte sofort. Ihr ganzer Körper war naß, sie setzte sich auf den Boden und weinte leise vor sich hin. Sie stammelte Dinge wie: «Ich sage dir das zu deinem Besten, zum Besten deines zukünftigen Sohnes, wenn du arm bleiben willst, ist das deine Sache, ich mag die Armen nicht...»

Damals waren wir nicht arm; wir lebten bescheiden. Ich dachte manchmal daran, die Arbeit zu wechseln. Mit meinem Ingenieurdiplom hätte ich eine Anstellung bei einer Privatfirma finden können. Dafür brauchte man Beziehungen, mußte einflußreiche Leute kennen, zu ihren Kreisen zählen, zu ihrer Klasse gehören. Deshalb versuchte ich es erst gar nicht. Das lag nicht an mangelndem Ehrgeiz, sondern eher an meiner Schüchternheit. Doch im Umgang mit denen, die bestechen, bin ich nie schüchtern gewesen. Darin liegt mein ganzer Stolz. Mein Widerstand war stets lückenlos. Wenn ich mich einem Menschen gegenübersah, der mich zu kaufen versuchte, wurde ich stark und mutig. Ich hielt ihm keine Moralpredigten. Ich erhob mich und setzte ihn wortlos an die Luft. Der Mensch machte sich rücklings davon, und ich setzte mich gelassen wieder hin und arbeitete weiter. So kam ich zu dem Ruf, ein

«Mann aus Eisen» zu sein. Doch für die anderen war ich «Sandkorn».

Einmal habe ich zum Zeitvertreib in ein Heft die verschiedenen Weisen notiert, auf die man mich zu bestechen versuchte. Da gab es den, der einen Besitztitel auf meinen Schreibtisch legte. Ein Grundstück am Stadtrand. Dann der Direktere, der am Vorabend des *Aïd* zwei prächtige Schafe zu mir nach Hause liefern ließ. Es kamen auch zwei Kisten Johnny Walker, deren Absender bis heute unbekannt bleibt. Man lud mich zum Abendessen in ein teures Restaurant ein. Ich wurde schwach und sagte zu. Eine Frau kam anstelle meines Gastgebers. Sie war schön und eine Professionelle. Ich erhielt auch ein Flugticket für die Omra, die kleine Pilgerfahrt nach Mekka. Ich schickte es kommentarlos an den Absender zurück. Es gab eine Reihe Geschenke für meine Frau und meine Kinder. Schmuck, Kleider, Spielzeug, einen Hund, eine Katze, ein Pferd und sogar einen Papagei. Das waren alles Amateure. Die anderen, die Gewiefteren, wandten sich an Hadj Hamid. Ich arbeitete gewissenhaft und unterschrieb nur Akten, die den Kriterien entsprachen, während Hadj Hamid hinter meinem Rücken verhandelte. Wenn ich eine Akte ablehnte, brachte stets er sie an den folgenden Tagen mit allen Dokumenten zurück und bat mich zu unterschreiben. Ich erledigte meine Pflicht, ohne irgend etwas zu ahnen oder meinen Mitarbeiter zu verdächtigen, mein Vertrauen oder sein bißchen Macht zu mißbrauchen.

Weder ein Mann aus Eisen noch ein Sandkorn, sondern ganz einfach ein ehrlicher Mensch.

Für die bescheidenen Leute war ich weder aus Eisen noch aus Sand. Für sie war ich ein Heiliger. Das sagte mir eines Tages ein junger Arzt, der an das große staatliche Stadtkrankenhaus berufen worden war. Er war ein noch gutgläubigerer Mensch als ich. Ich hatte ihn kennengelernt, als ich Wassit in die Notaufnahme gebracht hatte, weil er etwas Giftiges verschluckt hatte. Mir fiel auf, daß der für Eingänge zuständige Krankenpfleger meinen Sohn übersah und uns warten ließ, ohne einen Grund anzugeben. Er war ein Mann von beträchtlichem Leibesumfang, selbstsicher und ziemlich angeberisch. Er stellte gewagte Diagnosen und wies die Kranken auf die Station seiner Wahl ein. Ich bemerkte, daß er manchen die Hand mehr als einmal schüttelte. Er ließ sich, wie man sagt, «die Pfoten schmieren». Währenddessen warteten diejenigen, die wie ich nicht verstanden hatten, worum es ging, im Luftzug eines drekkigen Flurs. Ich wurde laut. Er scherte sich nicht darum. Ich verlangte, den Chefarzt zu sprechen: er lachte. Er wandte mir den Rücken zu und gab sich geschäftig. Ein Arzt kam vorbei, der mein Freund werden sollte und Wassit rettete, er blieb stehen und fragte den Krankenpfleger, was los sei, der antwortete nicht, zuckte mit den Achseln, hob die Arme zum Himmel und rief die göttliche Vorsehung an.

Später erfuhr ich, daß dieser Krankenpfleger allmächtig war. Er hatte sich bereichert, indem er für jeden Kranken einen Preis ansetzte und ihnen zudem Medikamente verkaufte. Er schickte sie auch manchmal zu Privatkliniken, von denen er Prozente bezog.

Ich bezichtigte ihn beim Chefarzt der unterlassenen Hilfeleistung in einer Notlage. Im Antwortbrief bedankte man sich für die Information. Ich begriff, daß der Krankenpfleger einen wahrhaft langen Arm hatte und daß man nichts gegen ihn unternehmen konnte.

Zur gleichen Zeit leitete ein hoher Gesundheitsbeamter, der selbst Arzt war, die Materialien, die der Staat für das Krankenhaus anschaffte, zu seiner Privatklinik um. Es war auch die Zeit, als der gleiche Mann bestimmte Medikamente an der Grenze festhalten ließ, weil ein deutsch-schweizer Konzern sich weigerte, ihm Prozente zu zahlen. Dieser seither entlassene Beamte lebt in Frieden von den Gewinnen seiner Klinik und von seinen Rentenerträgen, und dabei ist er verantwortlich für den Tod Hunderter Kranker.

Ich träumte von einer Rache des Himmels. Während meiner schlaflosen Nächte schmiedete ich Pläne für die Verhaftung dieses Individuums und seine Aburteilung durch einen unbescholtenen unabhängigen Gerichtshof. Ich träumte von einem Standgericht. Ich träumte von einer Justiz des Volkes. Ich träumte von der Säuberung des Landes; eine magische Hand würde zwischen den Menschen hindurchfahren und Ordnung in diese Gesellschaft bringen, in der schließlich alles möglich ist. Ich spulte meine Träume immer wieder ab, bis ich in hilfloses Gelächter ausbrach oder Fieber bekam.

Der Amtsleiter läßt mich zu sich bitten. Ich beende einen Bericht, ordne meine Akten, rücke meine alte Krawatte zurecht und sage Hadj Hamid, daß ich zum Chef gehe. Dazu muß man wissen, daß der Chef selten da ist. Er hat so viele Geschäfte abzuwickeln, daß er einem nur wenig Zeit widmet. Er ist ein anständiger Mensch, ein an allem interessierter Autodidakt. Mit mir unterhält er sich gerne über Literatur. Er weiß, daß ich eine Bibliothek habe und lieber lese als fernsehe. Er kennt auch meine Art. Dennoch erteilt er mir jedesmal freundlich, was er eine «Lektion in Beweglichkeit» nennt. Er sagt mir oft: «Unnachsichtigkeit ist notwendig, besonders in unserem Land, doch ein wenig Beweglichkeit schadet niemandem.» Ich antworte immer: «Das hängt davon ab, wieweit die Beweglichkeit geht!» Wir lachen und gehen zu etwas anderem über.

Eines Tages hat er mich ihm gegenüber Platz nehmen lassen, Tee für sich und Kaffee für mich bestellt und mich gebeten, ihm ohne zu unterbrechen aufmerksam zuzuhören:

«Wir sind unter Männern, unter Freunden. Ich achte und schätze Sie. Sie arbeiten hart, und Ihr Gehalt ist gering. Sie sind das Doppelte und selbst das Dreifache der Summe wert, die der Staat Ihnen bezahlt. Ehrlich, Sie werden schlecht bezahlt. Sie sind eingegliedert in eine Gehälterhierarchie, und wie Sie wissen, kann der Staat die Bezahlung der Beamten nicht erhöhen.»

Es folgte ein langes Schweigen, bei dem er mich starr ansah. Da hörte ich den Rest oder wähnte ihn zu hören, wie eine auf Band gesprochene Rede. In Wirklichkeit war es sein Blick, der schweigend zu mir sprach:

«Das Leben wird immer teurer. Es fragt nicht nach unserer Meinung. Wir müssen uns also anpassen. Wir wissen alle, daß die meisten Gehälter symbolisch sind. Der Staat weiß das und weiß auch, daß die menschliche Intelligenz Mittel und Wege findet, den Mangel zu kompensieren. Er verschließt die Augen. Das muß er, sonst bricht eine Revolte aus. Die Bürger beteiligen sich, so gut es ihnen möglich ist, daran, die Löcher zu stopfen. Das ist normal. Das ist ein nationaler Konsens, ein Wettrennen um das Gleichgewicht. Es geht nur darum, es diskret und wenn möglich elegant zu handhaben. Das nenne ich Beweglichkeit. Der Staat sollte all jenen Bürgern dankbar sein, die ihm Hilfestellung leisten. Es sind Leute wie Sie, die die Stabilität und selbst den Wohlstand des Landes sichern. Ich gestehe Ihnen zu, daß manche Elemente der Wirtschaft des Landes unter diesen Praktiken leiden, ich denke an den Zoll, ans Finanzamt...

Was Sie auf einer moralischen Ebene abhandeln und Korruption nennen, nenne ich Schattenwirtschaft. Sie wirkt nicht einmal im Untergrund, sie ist sogar notwendig. Ich sage nicht, daß sie gut ist, ich sage, wir müssen damit leben und dürfen Ausgleich und Diebstahl nicht länger miteinander verwechseln. Und glauben Sie nicht, allein die Entwicklungsländer hätten dieses Problem. Sehen Sie sich die Skandale in Frankreich, in Italien und selbst in Japan an. Bei uns spielt es sich im menschlichen, individuellen Rahmen ab. In jenen Ländern handelt es sich nicht mehr um einen Ausgleich auf Volksebene, es sind Veruntreuungen großer Summen, Unterschlagungen, Eigentumsvergehen im großen Maßstab. Ist Ihnen nicht aufgefallen, daß die italienische Wirtschaft sich schwertut, seit Italien die Korruption auf nationaler Ebene bekämpft? Für mich kann man nicht vergleichen zwischen unserer handwerklichen und unterentwickelten Technik, einen Antrag durchzuschleusen, um Zeit zu gewinnen, Arbeitsplätze zu schaffen, einerseits und den Schweizer Nummernkonten, die europäische Politiker eröffnen, um den Lohn ihrer faulen Kompromisse mit der Industrie und sogar der Mafia zu empfangen, andererseits. Da sind wir nur armselige, schlecht bezahlte Beamte, die täglich darum kämpfen, ihren Kindern regelmäßigen Schulbesuch, erholsame Ferien und ein Leben ohne Mangel und Trauer bieten zu können. Wir sind nicht einmal gefräßig. Wir wollen uns nur satt essen. Das ist unser Recht. Unser gutes Recht, Herr Moralprediger! Ich hoffe, Sie haben mich verstanden!»

Das Schweigen hatte gute fünf Minuten gedauert. Ich sagte mir, ein Chef redet nicht so mit einem. Das ist unmöglich. Er fiele damit aus der Rolle. Ich bin es, der hier redet, oder vielmehr mein gutgläubiges Gewissen. Es ist schwatzhaft. Zuviel Schweigen, das interpretiert werden will. Zu viele Unterstellungen, die in Klartext übertragen werden wollen. Ich enthielt mich eines Kommentars, bedankte mich und murmelte: «Wir haben nicht die gleiche Sicht der Dinge.»

Diesmal ist er nicht gut gelaunt. Er begrüßt mich kaum. Normalerweise erkundigt er sich nach meinen Kindern. Auf seinem Tisch liegt eine Akte. Ich lese verkehrt herum: Sabbane. Er fragt mich, was mit Herrn Sabbane los war. Ich lache. In Arabisch ist Sabbane derjenige, der die schmutzige Wäsche wäscht. Der Mann verdient seinen Namen. Ich denke nach und sage dann:

– Ich glaube, dieser Herr ist einer von denen, die mich kaufen wollten. Ich mußte natürlich ablehnen, und er hat geglaubt, er habe mir nicht genug geboten; ich fand das unerträglich.

– Und was ist mit der Beweglichkeit?

– Ich muß sie erst lernen, mein Herr.

Als ich in mein Büro zurückkomme, erinnere ich mich daran, daß ich ein Stipendium beantragen muß, damit Wassit, mein Ältester, einen Platz im Internat des

Gymnasiums bekommt, in dem er sein Abitur vorbereiten soll. Zu Hause gibt es keinen Ort, an dem er seine Hausaufgaben erledigen und lernen kann. Wie Millionen junger Marokkaner bereitet er seine Schulstunden auf den großen Boulevards in dem großzügig leuchtenden Laternenlicht vor. Wenn ich diesen Antrag stelle und mit der Post einschicke, wird er das Stipendium nicht bekommen. Seine Akte wird nicht einmal aufgeschlagen. Man braucht einen sogenannten «Kontakt». Ich kenne niemanden im Ministerium. Den Kontakt muß man erst suchen. Anscheinend muß man ihn gar nicht persönlich kennen. Man muß nur wissen, an wen man sich wenden soll, und ihm den berühmten Umschlag zustecken.

Das kann ich jedoch niemals tun! Wenn ich anfange, andere zu bestechen, gibt es keinen Grund mehr, weiterhin hartnäckig Umschläge abzulehnen. Wenn mich meine Frau laut überlegen hörte, würde sie mir sagen: «Du hältst dich für einen Heiligen, einen Helden. Doch da stehst du allein, und du ziehst uns mit in deine Vereinsamung, und Entsagung und Mangel gibt's obendrauf. Deine Vorgesetzten, richtige Männer, die denken an die Zukunft ihrer Kinder und schaffen es, sie ihnen zu sichern. Du jedoch häufst nur Skrupel an, als könnte man die essen! So oder so, unser Sohn wird nicht Opfer deiner Unerbittlichkeit werden. Ich werde alles tun, damit er dieses Stipendium bekommt.»

Was bedeutet «alles»? Ihren Schmuck verkaufen? Bei Sidi Larbi Geld leihen? Dem Ministerialbeamten schöne Augen machen? Bei diesem Gedanken erröte ich. Hlima würde so etwas nie tun. Nein, dieser Gedanke wurde mir vom Teufel eingegeben. Ich muß ihn verbannen. Ja, sie ist noch jung und schön. Vielleicht betrügt sie mich. Das ist merkwürdig, daran habe ich noch nie gedacht. Vielleicht nörgelt sie, weil sie dazu große Lust hätte und ihre Erziehung ihr im Weg steht. Auf jeden Fall wird es verdächtig sein, wenn sie mir eines Tages keine Szenen mehr macht; dann wird sie jemanden gefunden haben, der ihren unbefriedigten Bedürfnissen nachkommt. Um mich herum ist mir aufgefallen, daß die Männer keine regelmäßigen Geliebten haben; sie haben lieber mit wechselnden Körpern zu tun und wollen sich nicht binden. Ich denke an Najia, meine mir verbotene Kusine. Seit sie ihren Mann bei einem Autounfall zwischen Rabat und Casa verloren hat, lebt sie allein. Er ist auf einen Lastwagen geprallt, der nachts mit ausgeschalteten Scheinwerfern auf der Autobahn hielt. Sidi Larbi hat sich um die Angelegenheit gekümmert. Ich hatte diskret eingegriffen, damit er nicht die Hälfte des Schmerzensgelds einsteckte. Ausnahmsweise, um mir zu zeigen, daß er ehrlich sein kann, hat er nicht gestohlen. Najia ist schön. Sie hätte ich heiraten sollen. Wir hätten einen Spezialisten der Schari'a aufgesucht, und vielleicht hätte der die Heirat trotz der (wenigen) Milch erlaubt, die wir uns geteilt haben. Sie ist ein oder zwei Jahre jünger als ich. Vielleicht zieht sie mich an, weil sie mir verboten ist. Sie hat blaue Augen und schwarzes Haar. Seit sie Witwe ist, ist ihr Blick voll Trauer und Erwartung. Sie ist eine Frau in Wartestellung. Sie zieht ihre dreizehnjährige Tochter groß und unterrichtet weiter an einer Volksschule. Sie gefällt mir. Jedesmal wenn ich sie treffe, grüßt sie mich mit gesenktem Blick – und einem flüchtigen Lächeln. Ich gefalle ihr wohl auch. Doch ich denke lieber an sie, als daß ich irgend etwas nicht wieder Gutzumachendes wage.

Auch mit meiner Frau bin ich redlich. Ich bin unfähig, sie zu betrügen. Nicht daß es mich nicht reizte, doch ich habe Prinzipien und will sie auf jeden Fall einhalten. Najia ist ein Bild, ein Lächeln, ein Traum, abgelegt in einer Ecke meines Gedächtnisses. Ich denke voller Sanftmut an sie, wenn Hlimas Schreie mich in ein schwarzes auswegloses Loch stürzen. Oft bleibe ich am Grunde jenes Brunnens, wo ich auf das Leben eines Tieres reduziert bin. Dann leuchtet in meinem Kopf ein Licht auf, und ich sehe Najias strahlendes Gesicht. Mit ihr weggehen, weit weg, in ein fremdes Land, weggehen, ohne zurückzublicken, wie Jugendliche auf einem menschenleeren Strand laufen, von Vivaldimusik begleitet, es wäre kalt, und ich würde meinen dicken schottischen Wollpullover um sie legen, sie würde sich gegen mich lehnen, sich aufwärmen und ihre schwarze Haarpracht an meine Schulter legen... Ach! Aber das ist eine amerikanische Schnulze für Lieschen-Müller-Gemüter, eine Parfüm- oder Autowerbung!

Hadj Hamid kann grob sein. Fast scheint es, als läse er meine Gedanken. Gerade als ich die Vivaldimusik zu hören beginne, reißt mich seine rauhe Stimme in die Wirklichkeit zurück. Er sagt mir durch die Glastür, daß Sabbane seine Akte erneut vorgelegt hat. Er betont den Namen, als wollte er mir zu verstehen geben, daß ich diesmal unterschreiben muß. Ich sage ihm, daß wir keine Eile haben und die ganze Woche Zeit ist, die Akte erneut durchzugehen und sie mit denen der anderen Unternehmer zu vergleichen. Ich habe mir nämlich einen kleinen Aufschub zum Nachdenken zugestanden. Eine Arbeitswoche und die zwei Wochenenden, um zu einer Entscheidung zu kommen. Vom Büro aus gehe ich zu Fuß. Ich habe es nicht eilig, nach Hause zu kommen. An der Alhambra-Bar kehre ich ein und trinke ein Bier, 15 Dh., ich lasse mir die Schuhe dabei putzen, ein kleiner Luxus, der mich 5 Dh. kostet. Ich rauche zwei Zigaretten, davon eine Marlboro, die ich einzeln bei den Jungen, die sich bei den Kaffeehäusern herumtreiben, gekauft habe. Was essen wir heute abend? Eine Gemüsesuppe und etwas holländischen Käse. Das ist leicht und nicht sehr teuer.

Unterwegs mache ich beim Krämer halt. Er legt mir die Rechnung von Februar vor: 1852 Dirham. Lohnt es sich überhaupt, die einzelnen Posten durchzugehen? Ich weiß, daß die Preise im Vergleich zum volkstümlichen Markt einen doppelten Aufschlag enthalten. Er verkauft teurer und belegt mich mit einer zusätzlichen Strafe wegen des Kredits. Ich sehe ihn an. Er lächelt zurück. Ich bemerke, daß sein Hemdkragen sehr schmutzig ist. Wie alle Krämer ist er ein Berber aus dem Süden und verbringt das ganze Jahr hinter der Kasse, ißt und schläft dort. Er ist die Nummer eins im Sparen. Aber ist das ein Leben? Ich gebe ihm tausend Dirham und verspreche, den Rest bald zu begleichen. Beim Weggehen frage ich mich: «Hat er ein Sexualleben? Da er seinen Laden nie verläßt, kann er kaum erotische Begegnungen haben. Seine Frau und seine Kinder sind im Dorf. Jedes Jahr verbringt er dort zwei Monate mit ihnen und holt alles nach. Die restliche Zeit masturbiert er wohl im finsteren Klo hinten im Laden.»

Meine Frau ist guter Laune. Was für ein Glück! Sie ist gut frisiert, sorgfältig gekleidet und spricht freundlich zu mir. Das ist verdächtig. Sie erzählt von der Nachbarin, die bei ihr ein Kleid für die Hochzeit ihres Bruders in Auftrag gegeben hat; sie hat ihr sogar einen Vorschuß bezahlt. Das ist es. Das Geld macht sie glücklich. Sie hat recht. Ich lächle und drücke ihr einen Kuß auf den Hals. Heute abend werden wir miteinander schlafen. Wassit bereitet draußen die Schule vor, und Karima schläft. Hlima umarmt mich und sagt: «Verzeih all die Szenen, die ich dir mache, es ist stärker als ich, ich will doch nur das Glück unserer Kinder. Das Leben ist hart für ehrliche Leute.» Ich wage nicht mehr, an Najia zu denken. Selbst wenn ich von meinen Prinzipien absehe, habe ich nicht die Mittel, ihr irgend etwas zu bieten. Sie ist eine schöne Frau, die Zuneigung braucht, aber sie muß auch aus ihrem kleinen Lehrerinnendasein heraus, in dem sie hart arbeitet, um über die Runden zu kommen. Ich weiß, daß das Versicherungsgeld auf ein Sperrkonto auf den Namen ihrer Tochter eingezahlt wurde.

Ich liebe Hlima, aber ich muß zugeben, daß meine Zuneigung jedesmal einen Erdrutsch erleidet, wenn sie mich an unsere schwierige Lage erinnert. Najia macht einen freundlichen Eindruck, doch ich habe gelernt, daß man die Menschen erst wirklich in unerwarteten Augenblicken kennenlernt, zum Beispiel wenn sie schweigen, oder an einer Kleinigkeit, an der Art, wie sie auf unbedeutende Dinge reagieren. Hlima zum Beispiel haßt lauwarmen Milchkaffee. Es kommt vor, daß ich vor ihr aufstehe und ihr Frühstück mache. Wenn sie spät aufwacht, ist der Milchkaffee nicht mehr warm.

Dann höre ich sie brüllen und mich anklagen, es absichtlich so eingerichtet zu haben.

Hlima ist eine gute Mutter. Ich bin ein Vater, der zwar anwesend, aber nicht sehr aufmerksam ist. Sie ist sehr geduldig mit den Kindern, kann gut mit ihnen reden und ihnen vor dem Einschlafen eine Geschichte erzählen. Ich mache dann Rechnungen, zähle zusammen und ziehe wieder ab. Nach dem Zwanzigsten des Monats wende ich mich an den Krämer. Anscheinend verbietet der Islam die Zinserhebung. Doch der Krämer spricht seine Gebete und erhöht gleichzeitig die Preise um eine Art Zins. Ein Mann, der ab dem Zwanzigsten pleite ist, sollte nicht an eine andere Frau denken. Ich muß Najias Bild aus meinem Kopf verjagen. Noch nie habe ich im Leben oder im Kino einen armen Mann gesehen, der eine schöne Frau mit leeren Taschen, einem Bankkonto in den roten Zahlen und einem Kredit beim Krämer verführt. Doch die Gedanken sind frei. Ich phantasiere, um etwas frische Luft in mein Gehirn zu lassen. Fern sei mir der Gedanke, bei ihr zu klingeln und ihr einen Spaziergang auf der Strandpromenade vorzuschlagen. Dabei wäre das eine gute Idee. Abbas würde mir sein Auto und zwei oder drei Hundertdirhamscheine leihen, und wir würden losziehen wie Verliebte, den weißen Wellen an der Küste zusehen. Wir äßen Fleischspieße und Vanilleeis. Beim Betrachten des Meeres nähme ich sie in die Arme, bis sie meinen Herzschlag spürte. Tatsächlich schlüge mein Herz heftig, doch mehr aus Angst, jemanden aus Hlimas Familie zu treffen, als infolge der Gemütserregung, mit Najia zusammen zu sein. Ich weiß nicht. Ich gebe es auf. Ich fühle mich besser. Erstaunlich, wie wechselhaft der Mensch ist. Vor einer Minute litt ich unter heftigen Angstzuständen. Ich brauchte dieses Bild nur aus meinem Kopf zu vertreiben, und schon fühle ich mich erleichtert und sogar glücklich.

Ich denke ununterbrochen nach. Ich baue auf und reiße dann ab. Ich sehe Dinge und habe Angst. Wie machen das die anderen? Wie macht es Sidi Larbi, der noch nie Probleme dieser Art hatte? Er kann noch so lang stehlen, bestechen, schutzlosen Leuten Streiche spielen, ihm geht es ausgezeichnet. Er schließt nicht nur die Augen und schläft ruhig, ich bin sicher, daß er viele schöne Träume hat, die ihm eine wunderbare Nachtruhe verschaffen. Ich jedoch verbringe schon eine schlaflose Nacht, wenn ich nur daran denke, meinem besten Freund Abbas oder meinem Ersatzbankier, dem Krämer, Geld zu schulden. Vielleicht hätte ich keine Skrupel mehr und schliefe wie ein Stein, wenn ich die Schwelle überschritte, wenn ich mich auf die Seite der Schurken schlüge. Ich sollte es versuchen. Die anderen tun es instinktiv. Ich dagegen muß mich dazu zwingen, ich muß ein Stück aus meinem Herzen reißen, um so weit zu kommen. Ich kann mir nicht vorstellen, wie ich einem Unternehmer bedeute, daß meine Kommission sich auf 10 Prozent beläuft. Er wäre imstande, mich wegen versuchter Korruption anzuzeigen. Wie machen das all die anderen? Warum zittere ich schon, warum tritt mir der Angstschweiß aus, wenn ich nur in Gedanken eine alles in allem banale und gängige Übereinkunft erwäge? Vielleicht sollte ich dazu einen Abendkurs besuchen. Darüber muß ich lächeln, denn womit soll ich den Kurs bezahlen, wenn es ihn überhaupt geben sollte.

Abbas ist ein wertvoller Mensch. Er hat mit all dem nichts zu tun. Er ist reich und bescheiden. Sein Vater hat ihm Ländereien und Gebäude hinterlassen. Er verwaltet das Erbe seiner Brüder und Schwestern. Ist großherzig und diskret. Wir haben uns nur ein einziges Mal gestritten: während des Golfkriegs. Auch er hat sich an der Demonstration zur Unterstützung Saddams beteiligt. Sie haben behauptet, damit das irakische Volk zu unterstützen, und Saddam sei in jedem Fall zum Widerstandssymbol gegen den immer stärker antiarabischen und antiislamischen Westen geworden. Abbas ist kein schlechter Mensch, doch er läßt sich leicht von den Vergeltungsparolen eines Teils der arabischen Presse mitreißen.

Wir hatten uns auf dem Gymnasium kennengelernt. Er hat danach arabisches Recht studiert, und ich ging nach Frankreich zum Ingenieurstudium. Wir waren verschieden. Das sind wir immer noch. Doch das tut unserer festen Freundschaft keinen Abbruch. Nach dem Golfzwischenfall hatten wir stillschweigend beschlossen, nicht mehr über Politik zu reden. Neulich hat er mich besucht und mir gesagt, ich habe bezüglich Saddam recht gehabt. Er hatte gerade einen Bericht der Vereinten Nationen über das Giftgas gelesen, das der irakische Geheimdienst auf Halabja abgeworfen hatte, ein kurdisches Dorf, dessen Einwohner im Schlaf umkamen. Ich habe ihn auch daran erinnert, was Saddams Erzfeind und Bruder, der Syrer Hafez El Assad, in Hama getan hat.

Wir haben uns auf einen Punkt geeinigt: die arabischen Völker, insbesondere die des Nahen Ostens, haben kein Glück. Zusätzlich bestrafen die westlichen

Mächte sie auch noch, weil ihre Staatsoberhäupter Diktatoren sind.

«Die Politik ist für Nichtstuer und Parasiten», sagt mir mein Krämer. Seine einzige Politik ist die der Kredite und erhöhten Preise. Dazu kommt noch seine Schrulle, hinten in der Ecke des Ladens zu beten, ohne Waschungen vorzunehmen.

Abbas sieht sich oft gezwungen, Verwaltungshengste zu bestechen. Er übernimmt das nicht persönlich. Sein Fahrer macht das sehr gut. Der ist ein schlauer und treuer Mensch. Der gesunde Menschenverstand ist sein Leitfaden: «Da ist jemand, der seine Miete nicht bezahlt. Sie machen ihm den Prozeß. Wenn Sie den normalen Weg gehen, dauert es bis zu vier, fünf Jahren. Wenn Sie den Schattenweg gehen, ist Ihr Fall wenige Monate später geregelt. Einzig und allein dieser Weg führt zum Ziel. Glauben Sie mir, er ist weder schlecht noch unehrlich. Er ist vernünftig, realistisch. Sie füllen die Lücken, die der Staat läßt. Sie tun nichts Böses. Ich bin für Gerechtigkeit und Recht. Doch wenn alle durch die Hintertür gehen und alles auf den Fluren abgewickelt wird, wäre es selbstmörderisch, es anders zu machen. Das Land funktioniert gut auf diese Weise. Kann es sich leisten, auf dieses System zu verzichten? Ich glaube nicht. Und die Leute haben sich daran gewöhnt. Bevor sie überhaupt den normalen Schritt unternehmen, zum Beispiel ein Dokument zu besorgen – was einfach ist –, suchen sie schon auf anderem Wege eine Lösung.»

Auch Abbas sieht sich als Realist. Er betrachtet es als seinen Beitrag zur nationalen Solidarität. Die Korruption ist eine versteckte Form von Zusatzsteuer. Alle richten sich danach, und die wenigen, die sich, wie ich, weigern, wird man bald in ein Reservat sperren und neben bedrohten oder aussterbenden Tierarten zur Schau stellen müssen. Ich bin stolz darauf, diesem Reservat anzugehören.

Wie lange werde ich noch stolz sein? Wird dieser Stolz meinem Ältesten die Möglichkeit geben, sein Studium zu absolvieren, wird er die Arzneien für meine asthmatische Jüngste bezahlen, meiner Kleinfamilie Ferien ermöglichen?

Manchmal denke ich daran, eine zweite Arbeit anzunehmen, zum Beispiel die Buchhaltung für einige Firmen zu erledigen. Ich könnte abends im Büro oder zu Hause arbeiten. Ich werde mit Abbas darüber reden. Er braucht keinen Buchhalter. Die Bücher führt er selbst. Doch er könnte mich seinen Freunden vorstellen. Er ist gerne gefällig. Das würde er sicher tun, doch man müßte auch noch eine Firma ohne Buchhalter finden.

Ich weiß nicht, warum, aber Leute wie ich sind dazu verdammt, in einem Tunnel hin- und herzulaufen. Für mich gibt es kein Entrinnen. Ich brauche nur einen Weg einzuschlagen, und schon sackt er ein und verwandelt sich in einen Tunnel. Oft ist am Ende ein Brunnen. Diesen Alptraum habe ich häufig. Ich gehe alleine am hellichten Tag durch die Straßen. Plötzlich finde ich am Boden eine mit Scheinen prall gefüllte Brieftasche. Ich bücke mich, um sie aufzuheben, da senkt sich auch die Straße, wird zum Hang, und die Geldbörse gleitet weg, dann verdunkelt sich der Himmel, je schneller ich gehe, desto steiler wird der Hang, ich gerate aus dem Gleichgewicht, rutsche ab und finde mich mehrere Meter unter dem Erdboden wieder, in einer Galerie mit trübem

Gewässer, ich taste mich wie ein Blinder voran, und so geht es immer weiter, bis mich Hlima weckt, weil mein Hecheln sie stört. Sie ist der Meinung, daß es meine Schuld ist, wenn ich schlecht schlafe. Ich denke zuviel nach. Ich messe den Einzelheiten Bedeutung zu, bestehe darauf, daß jedes Ding an seinem Platz ist. Es stimmt, ich denke, ich denke sogar viel nach. Ich möchte jedoch nicht den Eindruck erwecken, daß ich philosophiere. Ich phantasiere und lege Stein auf Stein. Ich untersuche alles, analysiere die Folgen jeder Handlung, jeder Tatsache. Vielleicht bin ich manisch. Das jedenfalls wirft mir meine Frau vor. Ich sehe in die Zukunft. Ich bin kein Hellseher. Ich sehe voraus, was passieren wird, wenn ich dieses oder jenes tue. In Wirklichkeit berechne ich. Am Ende meines Tunnels rechne ich unaufhörlich. Mein Vater war wie ich: gezwungenermaßen sparsam, zum Aufpassen genötigt. Wir wurden alle satt. Aber nur eben so. Kein Luxus. Sich nichts leisten. Immer maßvoll. Er weigerte sich, wie die meisten Leute auf Kredit zu leben. Als er starb, bin ich mit meinem Bruder zur Bank gegangen, um sein Konto aufzulösen. Wir waren entsetzt. Das gesamte Vermögen dieses Mannes, der mit vierzehn Jahren angefangen hatte zu arbeiten, bemaß sich auf einige tausend Dirham. Fast siebzig Jahre lang hart arbeiten, um auf diese lächerliche Summe zu kommen: Das hatte uns erzürnt. Damals verstand ich, daß er nicht anders konnte. Ich hatte gedacht, er sei geizig, weil er ständig herunterhandelte. In Wirklichkeit war er genötigt, sparsam zu sein. Heute bedaure ich meinen Mangel an Respekt, als ich ihm Geiz vorwarf. Manchmal ist die Armut ein schlechter Ratgeber. Sie bringt die Leute dazu, Gesetze zu brechen, zu stehlen, zu betrügen, zu lügen. Das tat er niemals. Sein Stolz lag in seiner Würde. Er war ein armer Mann, doch er arbeitete schwer und bewahrte seine Würde. Er mochte weder Faulpelze noch Spieler. Das Leben, sagte er, sei brutal, unerbittlich, grausam, aber auch schön und wunderbar. Er fügte lächelnd hinzu: «Ich kenne die erste Seite besser.» Ich bin ihm ähnlich, doch verfüge ich über seine Kraft und seinen Mut? Eines Tages schleuderte mir Hlima während eines Streites an den Kopf: «Du bist wie dein Vater!» Aus ihrem Mund war das ein Schimpfwort. Sie mochte ihn nicht sehr. Er sie auch nicht. Er sagte laut heraus, was er von den Machenschaften ihrer Familie hielt, die mehr auf äußere Erscheinung, Luxus und Geld achtete als auf die inneren Tugenden der Menschen. Er war unnachsichtig zu ihnen, und vor allem prangerte er zu unserer größten Verlegenheit ihr scheinheiliges Gehabe an. Niemand konnte ihn zum Schweigen bringen. Er kannte den Preis aller Dinge und zählte seine Groschen. Dessen schämte er sich nicht. Er war nie leicht zu Geld gekommen und hatte nie viel gehabt. Ich bin ihm ähnlich. Er sagte, man könne sich nicht ständig bereichern, wenn man ehrlich ist. Er zahlte seine Steuern unter Protest, denn er konnte nicht erkennen, was mit dem Geld der Bürger geschah. Zudem gab er, gemäß dem koranischen Recht, 10 Prozent seiner Gewinne an die Armen. Für ihn war der Zakat heilig. Doch wenn ihm ein Bettler den Zakat abverlangte und bei guter Gesundheit war, verweigerte er ihn ihm. Er sagte ihm: «Du bist kräftig, du hast Arme, du könntest arbeiten ... Die Hand ausstrecken ist eine Schande für einen Kerl wie dich!»

Ich muß an die Gemeindeverwaltung schreiben, um ihnen mitzuteilen, wie sehr ich jeden Morgen leide, wenn ich den Bus nehme. Der Gemeinderat könnte zusätzliche Busse anschaffen. Dazu haben wir ihn unter anderem gewählt. Doch das Gerücht sagt, diese Leute pfiffen auf die öffentlichen Transportmittel. Sie fahren in ihren Dienstwagen herum und zahlen nicht einmal das Benzin, zudem machen sie Geschäfte und haben weder Zeit noch Lust, sich um das gemeine Volk zu kümmern. Schreiben wird nichts nützen. Es sei denn, ich veröffentliche den Brief auf der ersten Seite einer ausländischen Zeitung. Das wird sie zum Rotieren bringen. Man muß oft den Umweg über das Ausland nehmen, um etwas zu verändern.

Selbstverständlich: Wenn *Le Monde* eine Reportage über unseren Alltag veröffentlichen und der Journalist unsere wirklichen Lebensbedingungen miterleben würde, dann gerieten die Verantwortlichen sehr in Bedrängnis. Leider werden wir auf eine Reaktion warten müssen, bis Casablanca zu einer Megapolis wie Kairo oder Neu-Delhi wird. Der arme Bürger hat gar keine Rechte. Ich bin ein armer Bürger und weiß, wovon ich rede. Ich habe den Leuten vom Gemeinderat etwas voraus: ich kenne die konkrete Situation und weiß, wovon ich rede.

Siehe da, eine innere Stimme flüstert mir zu: «Armer Bürger, aber das könntest du hinter dir lassen. Dein Schicksal liegt in deiner Hand. Du wirst doch wohl nicht dein ganzes Leben lang den verdammten Bus nehmen, der dich noch eines Tages ins Massengrab bringt! Wach auf, denk an die Zukunft deiner Kinder. Was du Korruption nennst, ist in Wirklichkeit nur eine subtile Form der Rückgewinnung. Alle Welt trifft Übereinkünfte. Sei beweglich, mein Alter. Beweglichkeit ist Leben. Na gut, dann steig eben in deinen Bus, laß dich zerquetschen, zur Seite drängen, vor deiner Nase der klaffende Mund eines Mannes, der sich die Zähne nicht putzt, weil er keine mehr hat, und der schlechten Atem verströmt, laß dich von dem Träger anrempeln, der vergessen hat, sich zu waschen, und dich mit seinen Flöhen beglücken wird, du, der höhere Beamte im Hoch- und Tiefbauamt des Wirtschaftsministeriums, du steigst aus diesem Bus, dein einziger Anzug ist ganz zerknittert, du riechst streng, die Füße tun dir weh, denn die Mitbenutzer sind darauf herumgetrampelt, und du konntest nicht einmal schreien. Wie tief bist du gesunken! Selbst dein Vater hätte es nicht zugelassen, daß du diesen unglückseligen Bus benutzt, der die Stadt verschmutzt und wahrscheinlich eines Tages unter dem Gewicht der Unglücklichen, die nicht anders können, umkippen wird. Du jedoch könntest deine Lage verändern. Du könntest deiner Frau und deinen Kindern ein Leben bieten, das achtbarer, passender und beweglicher wäre. Ja, mein Lieber, Beweglichkeit, Beweglichkeit... und du wirst sehen, der Rest kommt wie von selbst. Du fragst mich, welcher Rest das sein soll? Recht hast du. Das bleibt unklar. Ein bißchen Phantasie ist nötig. Dir fällt das doch leicht. Es ist sogar deine Stärke. Du verbringst dein Leben mit Phantasiegebilden. Gehen wir der Reihe nach vor. Zuerst kaufst du dir ein Auto, vielleicht kein neues, einen guten Gebrauchtwagen. Du fährst nach Tanger, dort findest du viele ausländische Autos, die Fremdarbeitern gehören. Du kaufst einen Mercedes

240 Diesel, und schon ist ein großes Problem gelöst. Wenn du erst einmal das Auto hast, ziehst du um. In eine Villa zum Beispiel. Das ist schwieriger, aber erst einmal mietest du eine. Unter deinen Kunden wird es schon jemanden geben, der eine Villa zu vermieten hat. Es reicht, die Sache anzusprechen und es zirkulieren zu lassen. Wenn du die Villa erst hast, beschaffst du die Möbel. Das wird Hlima sehr gut erledigen. Dann mußt du den Gastgeber spielen. Wenn du deine Kunden nicht zu Hause empfängst, wirst du mit deinen Geschäften nicht weiterkommen. Das ist doch klar. Schließlich mußt du dich besser kleiden. Die äußere Erscheinung ist alles. Du bist arm, weil du arm aussiehst. Einem reichen Mann sieht man das sofort an. Es geht nicht darum, sein Vermögen zur Schau zu tragen, doch es gibt untrügliche Zeichen. Dann mußt du ausgehen, von Zeit zu Zeit im Restaurant essen, man muß dich mit wichtigen Leuten zu Abend essen sehen, man muß wissen, daß du ein Mann bist, der nicht auf seine Ausgaben achtet. Es ist wichtig, dem Kellner ein gutes Trinkgeld zu geben, das macht einen reichen und großzügigen Eindruck. Du mußt auch in die Moschee gehen, zum Beispiel freitags. Du wirst dich am Riemen reißen, deine Zurückhaltung in Religionsfragen und deinen Atheismus in der Schublade ablegen und dich an die Regeln halten. So ist die Gesellschaft nun einmal. Ein endloses Glücksspiel. Man muß bluffen können, von einem Ort zum anderen hüpfen, Hindernisse überspringen, Schwierigkeiten umschiffen, die unnützen Dinge wie Skrupel und schlechtes Gewissen ausschalten...»

Unermüdlich redet die Stimme weiter, durchfließt mein Blut und pulst nach seinem Rhythmus. Ich schwanke zwischen Aufmerksamkeit und Taubheit, schließe die Augen in diesem Autobus, der schnell fährt auf einer Straße, die das Dach der Welt sein muß; ich schaffe es mit Mühe, aus dem Fenster zu sehen, und sehe nur grüne, gelbe und rote Wiesen vorbeiflitzen. Ich schwebe leicht über diesem Gemisch aus Gras und Blumen und vergesse, daß der Mann, der meinen Brustkorb zerquetscht, übergewichtig ist und daß ich an seinem Schweiß ersticke. Die Stimme schmeichelt sich mir unter die Haut, zirkuliert wie ein fremder Körper in meinen Eingeweiden, dringt überall ein, kreist um mich herum und versinkt dann hinten in meinem Hals. Ich höre sie sogar noch, wenn ich mir die Ohren zustopfe. Ich frage mich: «Also das Leben ändern?» Sie antwortet: «Aber nicht doch, dein Leben ändern.» Ich höre sie schreien und «dein Leben» betonen, als wäre ich taub, dann wird sie unangenehm und sogar beleidigend: «Das Leben ändern! Er hält sich wohl für einen Dichter, einen Revolutionär, einen Helden. Du Hanswurst! Es geht darum, dein kleines Leben zu ändern, dieses kümmerliche Dasein etwas weniger kümmerlich zu machen, das ist alles. Du wirst die Welt nicht verändern, und die Welt schert sich keinen Deut um dein jämmerliches kleines Leben, das keine drei Groschen wert ist. Weißt du, daß dein Leben in den USA nicht einmal einen Dollar wert wäre? Wenn jemand dich umbringen wollte, würde er einen Killer für einen Dollar anheuern, doch wenn er Hadj Hamid, deinen Untergebenen, ausschalten wollte, müßte er mehrere tausend Dollar bezahlen. Denn Hadj Hamid ist bedeutender als du. Er lebt besser und ernährt andere. Du schaffst es nicht einmal, deine Kinder durchzubringen, und du bist der Leiter eines Büros, in dem sich die Verachtung deines Mitarbeiters für dich wie der Schimmel auf den Mauern des alten Hauses in der Medina ansammelt, wo deine arme Mutter vor Kälte und Feuchtigkeit langsam umkommt. Du trägst mit Schuld daran, daß sie sterben wird. Unterlassene Hilfeleistung in einer Notlage. Deine Mutter verdient es, in einem schönen, komfortablen Haus zu leben, mit Hausmädchen, Köchin, Auto und Fahrer. Dein Vater hat nichts hinterlassen. Doch du könntest etwas mehr Vorstellungskraft entwickeln und dich deinen Nächsten nützlich machen, zuerst deiner Mutter, dann deinen Kindern und schließlich deiner Frau. Du selbst bist gewöhnt, auf kleinem Fuß zu leben, du kannst es weiterhin tun, das wird niemanden stören. Weißt du was? Ich schäme mich doch tatsächlich, deine innere Stimme zu sein. Ich nörgele jedesmal, wenn du dich meiner bedienst. Du benutzt mich unnützerweise. Setz mich wenigstens ein, um Geschäfte zu machen, Verträge abzuschließen, interessante Projekte zu diskutieren, nach Japan zu reisen, ja, ich träume davon, nicht mehr zu dir zu gehören und bei einem richtigen, reichen und geachteten Mann zu sein. Dich grüßen die Leute ja nicht einmal, so arm bist du; dich gibt es gar nicht. Man sieht an dir vorbei. Du kommst ins Büro, und der Schaouch fragt sich, ob du kein Bettler bist, der um ein wenig Geld nachsucht. Hast du dich angesehen? Ist dir dein Aufzug aufgefallen? Deine Haltung: du drückst dich mit gesenktem Kopf an der Wand entlang. Ich frage mich, wie es dir gelingen konnte, Hlima zu verführen? Was war bloß in sie gefahren, daß sie dich heiratete? Sie verdient etwas Besseres als dich. Das weißt du, du sagst es oft. Dabei träumst du davon, die schöne Najia zu verführen. Weißt du, daß sie noch ganz andere Ansprüche als Hlima stellt und es faustdick hinter den Ohren hat? Davon abgesehen ist es keine schlechte Idee, dich mit ihr zu messen. Vielleicht verstehst du dann, daß die Beweglichkeit dir als einziger Ausweg bleibt. Ab jetzt schweige ich. Ich verschwinde. Ich ziehe mich von deinem Gewissen zurück, das eine Tonne oder noch mehr wiegt. Es erdrückt, erstickt und verletzt mich. Stell dir vor, ich bin zur Feindin deines Gewissens geworden. Es nimmt den ganzen Platz ein. Eines Tages wird es dich erdrosseln. Ich jedenfalls verziehe mich lieber. Leb wohl, mein Freund. Ich lasse dich in Gesellschaft der anderen, der vertrockneten, harten Stimme, die gemeinsame Sache mit deinem Gewissen macht. Das ist normal, sie ist ihr Geschöpf.»

Plötzlich bremst der Bus scharf. Die hinteren Fahrgäste fallen auf die vorderen. Manche kleben an der Windschutzscheibe. Sie beschimpfen den unglückseligen Fahrer, der es als einen Fluch ansieht, für diese Verkehrsgesellschaft arbeiten zu müssen. Ein Mann antwortet ihm: «Du hast wenigstens Arbeit! Danke doch Gott dafür.» «Damit hat Gott nichts zu tun!» schreit ein alter Mann mit trockenen, glänzenden Augen. Ein Bärtiger brüllt: «Allah Akbar! Gott ist groß! Ihr werdet alle in der Hölle schmoren!» Der Bus ist stehengeblieben. Schon hat sich eine Menschenmenge um den von einem müden Esel gezogenen Obstkarren gebildet. Alles ist umgekippt. Anscheinend ist der Besitzer unverletzt, er ist ein alter Mann, der so müde wirkt wie sein

Esel. Er bückt sich, um seine Apfelsinen und Bananen aufzusammeln. Die Leute helfen ihm. Er sagt: «Es ist nichts. Polizei und Ambulanz sind nicht nötig.» Er hat Angst. Am liebsten würde er weglaufen. Ein Polizist erscheint. «Fassen Sie nichts an. Ihre Papiere.» «Habe ich zu Hause vergessen.» «Das glaube ich Ihnen nicht. Kommen Sie mit zum Revier.» Die Umstehenden mischen sich ein. Der Alte füllt eine Tüte mit Früchten und reicht sie dem Polizisten. Der sagt: «Du glaubst wohl, du kannst mich damit kaufen? Los, ab aufs Revier!» Der Bus fährt wieder los. Jeder gibt seinen Kommentar ab. Ich höre alle möglichen Bemerkungen. Mein übergewichtiger Nachbar meint, daß man den Alten gegen hundert Dirham laufenlassen wird. Ein anderer entgegnet ihm: «Du meinst wohl hundert Dirham für jeden Polizisten... Das macht mindestens tausend Dirham und auch nur, wenn sie nett sind.» Ich möchte mich auch einmischen und die Polizei verteidigen. Schließlich haben wir keinerlei Beweise. Die Polizisten haben nur ihre Arbeit getan. Warum soll man sie von vornherein der Korruption bezichtigen? Das sagt mir die andere Stimme, die gute, die menschliche, die gerechte. Dann wirft sie mir vor, auf die Stimme des Bösen zu hören: «Du bist vierzig Jahre alt, erledigst ehrliche Arbeit, bemühst dich, ein unbescholtener, würdiger Mensch zu bleiben, und jetzt gerätst du in Gefahr, klein beizugeben. Ich spüre es. Es gibt untrügliche Zeichen. Warum bist du sonst gestern zum Immobilienmakler gegangen und hast dich nach leerstehenden Villen erkundigt? Nur zur Information, sagst du! Warum bist du dann neulich vor der Mercedeswerkstatt stehengeblieben? Du sagst, damit sich deine

Augen daran erfreuen können. Das will ich dir glauben. Mich kannst du nicht belügen. Ich kenne jeden deiner Gedanken. Dazu bin ich ja schließlich da. Ich klebe an deiner Haut und folge dir bis in den Schlaf. Ich bin für deine Schlaflosigkeit verantwortlich. Keines der Schlafmittel, die du benutzt, kann etwas gegen mich ausrichten. Du hast gut daran getan, auf sie zu verzichten. Ich bin da, um dir das Gesetz, die Prinzipien, die Pflicht und das Recht in Erinnerung zu rufen. Meine Aufgabe ist nicht einfach; meine Macht ist begrenzt. Was könnte ich tun, wenn du beschließt, die Seite zu wechseln, wenn du Kompromisse eingehst und nach und nach deine Unnachgiebigkeit und deinen Anspruch verlierst? Sicher, ich würde dir den Schlaf rauben, doch nicht lange; ich würde den gesunden Menschenverstand und die Intelligenz deiner jungen Tochter zu Hilfe rufen. Karima wird es nie zulassen, daß du deine Ehre auf so dumme Weise verlierst. Sie ist dein schlechtes Gewissen. Sie wird meinen Platz einnehmen, wenn du den Verstand verloren hast. Ich liebe Karima sehr. Mit zwölf Jahren ist sie ihrem Alter voraus. Ihre Reife ist bemerkenswert. Sie ist erstaunlich; mit ihren Blicken, ihrem Schweigen kann sie sogar ihre Mutter einschüchtern. Denke an sie, bevor du in ein Räderwerk gerätst, von dem du dir keine Vorstellung machst.»

Als ich aus dem Bus steige, merke ich, daß meine rechte Jackettasche gerissen ist. So kann ich nicht im Büro erscheinen. Es ist besser, ich ziehe das Jackett aus und trete lässig, sportlich auf. Die Leute werden es nicht verstehen. Es ist Winter. Das macht nichts. Es ist mein gutes Recht, das Jackett über dem Arm zu tragen. Was wird der Schaouch sagen? Er geht mir auf die Nerven und verfolgt mich. Dieser Kerl, ein Bauer, ehemaliges Mitglied der Hilfsstreitkräfte, hat versucht, mich zu kaufen. Eines Tages, am Vorabend des Aïd, hat er mir ein Schaf angeboten. Ich habe es abgelehnt. Er war beleidigt, aber seine Geste war nicht uneigennützig. Später habe ich erfahren, daß er seine Dienste zur Beschaffung von Dokumenten oder Terminen vermarktete. Er hat zwei Ehefrauen, acht Kinder und ein Moped. Eines Tages besaß er die Unverfrorenheit, mir vorzuschlagen, mich darauf nach Hause zu fahren. Ich habe nichts gegen Proleten, aber dieser Schaouch hatte es ganz offensichtlich darauf abgesehen, mich zu demütigen.

Ich betrete das Gebäude, und zufällig ist mein Feind, der Schaouch, nicht da. Hadj Hamid ist noch nicht angekommen. In meiner Schublade habe ich Nadel und Faden. Es fällt mir schwer, den Faden in das Nadelöhr einzufädeln. Meine Augen werden schwächer. Das ist aufreibend. Meine Hände zittern. Endlich gelingt es mir. Ich nähe. Ich komme mir lächerlich vor. Falls mich Hadj Hamid so erwischt, wird es hochnotpeinlich. Er wird zu Recht über mich spotten. Ich stopfe die Löcher in meinen Socken selbst. Hlima weigert sich, das zu tun. Es ist erniedrigend. Sie flickt nur die Kleider der Kinder. Welch ein Bild des Jammers: ein vierzigjähriger Mann, höherer Beamter, verheiratet, zwei Kinder, Akademiker, sitzt hinter seinem Schreibtisch und näht seine zerrissene Jackettasche! Von außen betrachtet wirkt das erbärmlich oder malerisch. Früher brachte mir der Schaouch ein Glas Minztee. Eine Tradition. Seit einiger Zeit vergißt er es. Ich muß ihn jedesmal anrufen und nachfragen. Ich nutze Hadj Hamids

Abwesenheit aus, um Najia anzurufen. Ich wecke sie, kein Glück. Ihre Stimme klingt weit weg. Ich stammele eine Entschuldigung und behaupte, es sei ein Irrtum. Sie schläft allein. Ihre Mutter teilt ihre Zeit zwischen ihr und ihrer kleinen Schwester. Es wäre besser, ich träfe sie zufällig. Ich werde dem Zufall nachhelfen. Es reicht, wenn ich zum Unterrichtschluß an ihrer Schule vorbeigehe. Ich kann ihr vorschlagen, sie nach Hause zu bringen, wir werden ein Stück gemeinsamen Weges haben. Bei gutem Wetter gehen wir zu Fuß, vielleicht kehren wir in die Konditorei La Renaissance ein und essen einige Gazellenhörnchen. Sie ist dünn. Sie stopft sich bestimmt nicht mit Süßem voll.

Hadj Hamid kommt herein und legt die Akte Sabbane auf meinen Schreibtisch. Er sagt mir, ich müsse dieses Problem sehr schnell regeln, als sei ich sein Untergebener. Ich schlage die Akte auf. Studiere die Pläne und Anträge. Ich stehe auf und gehe im Büro hin und her. Ich trete rauchend ans Fenster. Unten streiten sich zwei Motorradfahrer. Merkwürdig, wie aggressiv die Leute zur Zeit sind. Ein Nichts kann eine Auseinandersetzung auslösen. Hadj Hamid steht auch auf, die lauten Beschimpfungen haben ihn aufmerken lassen. Dann setzt er sich achselzuckend wieder hin und sagt:

– Es ist die Dürre.

– Meinen Sie, die Leute gehen aufeinander los, weil es nicht regnet?

– Natürlich. Je blauer der Himmel, desto leerer die Taschen. Das ist normal. Nun, was entscheiden Sie bezüglich Herrn Sabbane?

– Er muß sich an der Ausschreibung beteiligen wie alle anderen.

– Aber selbstverständlich wird er sich daran beteiligen. Wie Sie wissen, ist das nur eine Formalität. Wir sind hier, um dafür zu sorgen, daß die Formalitäten gut ablaufen. Studieren Sie die Akte gründlich. Ich gehe zum Arzt. Bleibe eine Stunde weg. Mein Rücken schmerzt, anscheinend ein Intellektuellenleiden. Bis bald. Sehen Sie sich jede Seite der Akte genau an.

Ich blättere darin herum. Warum hat Hadj Hamid so darauf bestanden, daß ich die Akte studiere? Zwischen zwei Heftern liegt ein ziemlich dicker Umschlag. Es steht nichts darauf. Ein weißer Umschlag. Er ist für alle und für niemanden. Ich weiß, was darin ist. Ich öffne ihn trotzdem. Zwei Bündel Hundert- und Zweihundertdirhamscheine. Auf den ersten Blick macht das zwei Millionen Centimes. Ich zähle nach. Die Scheine sind neu. Ich zähle noch einmal. Höre ein Geräusch im Gang. Zitternd stecke ich sie wieder in den Umschlag. Noch nie hatte ich so viele Geldscheine in der Hand. Ich lasse den Umschlag auf seinem Platz und tue so, als ob ich in der Akte lese. Ich lese und denke an die zwei Millionen. Ich sage mir, das könnte ein Anfang sein. In einigen Minuten könnte ich das Vierfache meines Gehalts verdienen. Wenn ich diesen Vorgang in vierzehn Tagen wiederhole, bin ich reich. Ich schlage die Akte zu und gebe mich Träumereien hin. Mir ist klar, daß der Übergang brutal sein wird. Alle werden sich etwas denken. Meine Frau wird entzückt sein, doch ihre Mutter wird keine Gelegenheit verpassen, mich daran zu erinnern, daß ich vom Pfad der Tugend abgewichen bin.

Ich schließe die Akte und umwickele sie mit einem

Gummiband. Ich schiebe sie weit weg von mir. Starre sie an. Ihr Umfang verhöhnt mich. Ja, so läuft es. Ein weißer oder grauer Umschlag ohne Empfängerangabe. Wie eine auf der Straße gefundene Brieftasche. Schließlich nimmt man den Inhalt an sich und wirft sie in den Müll. Ich bin versucht, den Umschlag zu leeren. Wenn ich es tue, gibt es kein Zurück mehr. Ich gerate in ein Räderwerk. Mein Leben wird verändert sein. Es gibt ein Leben vor dem Umschlag und eines danach. Ich stehe auf und rauche eine Zigarette. Schaue zum Fenster hinaus. Ich sehe eine Frau auf ihrem Balkon sitzen, mit gelöstem Haar, das sie mit Henna einreibt. Ein erotisches Bild. Nicht unmittelbar, doch ich denke daran, wie sie aus dem Bad steigt, ich glaube den Duft von Henna, den Duft ihrer Haut zu riechen. Auf dem Balkon darunter hängt ein junges Mädchen, wahrscheinlich die Bedienstete, Wäsche auf. Auf der Terrasse eines kleinen, zwischen zwei Gebäuden eingeklemmten Hauses spielt ein Kind mit Kätzchen, während seine Mutter schwarze Oliven zum Trocknen auslegt.

Auf der Straße hat sich an der Bushaltestelle eine Schlange gebildet. Die Schlange wird dichter. Chaos bricht aus. Der Bus kommt, und eine schwarze Rauchwolke entweicht aus seinem Auspuff. Die Leute halten sich die Nase zu. Nebenan protestiert der Krapfenverkäufer. Alles stinkt nach Diesel. Und ich verbrenne mir die Finger an meinem Zigarettenstummel. Ich setze mich wieder an den Schreibtisch, und die Akte drängt sich mir wieder auf. Man sieht nichts mehr auf diesem Tisch. Nur die Akte Sabbane springt einem ins Auge. Sie ist gewachsen. Ihre Dimensionen sind übertrieben groß. Ich reibe mir die Augen. Ich halluziniere. Mein schlechtes Gewissen beeinträchtigt mein Augenlicht. Ich beschließe, die Prüfung dieser heiklen Akte auf später zu verschieben. Das sage ich Hadj Hamid, der das Wort «heikel» mehrmals lächelnd wiederholt. Er glaubt, das sei der Beginn einer Kumpanei. Er steht auf und bietet mir an, einen Kaffee oder ein anderes Getränk zu holen. Seinem Verständnis nach werden wir auf unsere künftige Zusammenarbeit anstoßen. Er irrt. Ich glaube, er irrt. Ich bin mir nicht sicher. Zweifle an allem. Ich bilde mir Dinge ein. Er kommt mit einem Kaffee und einer Cola zurück. Ich ziehe den Kaffee vor. Er hebt seine Flasche und prostet mir zu. Es ist grotesk. Mit einer Colaflasche und einer Kaffeetasse Trinksprüche anbringen! Die Situation hat etwas Lächerliches. Er kommt auf mich zu und klopft mir auf die Schulter:

– Das Leben ist nicht immer einfach. Man muß sich in die Kurven legen können. Sonst geht einem die Luft aus. Kurven, bei denen alle gewinnen. Und dafür ist Beweglichkeit gefordert. Ich werde Ihnen die Adresse eines Freundes geben, der aus Frankreich Designeranzüge besorgt. Berufen Sie sich auf mich, und er wird Ihnen einen Freundschaftspreis machen. Er verkauft in seiner Wohnung. Ich kleide mich bei ihm ein. Unser Amtsleiter mag ihn sehr. Sie müssen ihn nicht gleich bezahlen. Suchen Sie sich einen schönen Anzug aus, auf keinen Fall einen grauen, damit Sie sich wohl fühlen.

Ich spüre, wie mich die Beweglichkeit übermannt. Ich vergleiche sie mit einem molligen Sofa, in das der Körper langsam einsinkt. Ich lasse mich gehen, mit nach hinten gelegtem Kopf, ich sehe die Welt nicht mehr, wie sie ist, fühle meine Muskeln nicht mehr, ich bin entrückt, auf einem Segelboot auf dem Mittelmeer, mit geschlossenen Augen, eine sanfte Brise streift über mein Gesicht, ich bin glücklich. Das Telefon klingelt. Der Amtsleiter redet mit ruhiger Stimme zu mir. Das muß die Stimme der Kumpanei sein. Er redet von einem Abendessen bei ihm zu Hause mit einigen Freunden, darunter Herr Sabbane. Die Dinge sind klar. Doch er weiß nicht, daß ich noch keine Entscheidung getroffen habe. Meine Frau ruft mich an. Karima hat wieder einen Asthmaanfall. Ich muß Ventolin kaufen. Das beste wäre jedoch ein Klimawechsel. Vielleicht schicke ich sie zu meiner Mutter nach Fes. Doch das Haus ist feucht. Die Luft in Marrakesch würde ihr besser bekommen. Wir haben einen Vetter dort, ich wage nicht, ihn zu bitten, Karima für einige Zeit zu beherbergen. Wie mein Vater mag ich niemandem etwas schuldig sein. Der Vetter taucht jedoch ab und zu unangemeldet bei uns auf und schläft im Kinderzimmer.

Wenn Karima einen Asthmaanfall hat, leide ich und werfe mir vor, nichts zu ihrer Erleichterung tun zu können. Es stimmt, daß wir mit etwas Geld einige Krisen vermeiden könnten. Der Arzt hat mir gesagt, daß es mit dem Alter besser wird.

Ich bin wieder allein im Büro. Durch die Glasscheibe sehe ich, wie Hadj Hamid heute morgen hektisch herumfuhrwerkt. Ich hebe den Telefonhörer ab, um Ruhe zu haben, und denke nach. Ich frage mich, ob die anderen auch solche schwierigen Augenblicke durchleben, ob sich ihnen der Magen zuschnürt, ihre Kehle austrocknet und ihre Hände zittern. Ich weiß nicht mehr, ob ich wegen der Zigarette oder der Situation zittere. Ich stehe auf, strecke den rechten Arm aus und lege ein Blatt Papier auf meinen Handrücken. So sehe ich besser, wie sehr ich zittere. Unser Gymnastiklehrer hatte uns beigebracht, so das Befinden unseres Körpers zu messen. Ich setze mich wieder hin und schaue auf die Akte. Diesmal zeichnet sich auf ihr langsam das Gesicht meines Vaters ab. Es gelingt mir nicht herauszufinden, ob er mich ermutigt oder mein Verhalten ablehnt. Sein Gesichtsausdruck ist zweideutig. Normalerweise hat er solche Praktiken immer verurteilt. Vielleicht hat er dort, wo er jetzt ist, Beweglichkeit gelernt. Andere nennen es Übereinkünfte erzielen. Ich bin im Moment noch nicht soweit. Ich bin noch nicht einmal in der akuten Phase der Gewissensbisse. Ich verhandle noch mit meinem Gewissen. Ich lege ihm meine Beschwerden vor, zeichne ihm ein alarmierendes Bild, damit es mir einen kurzen Freigang, eine kleine Schwäche zugesteht. Ich höre die andere Stimme sagen: «Zwei Millionen Centimes, das nennst du eine kleine Schwäche? Sagen wir lieber ein schlimmer Ausrutscher, eine gewaltige Ausnahme von der Regel...»

Ich erinnere mich an die Zeit, als unser Amt Personal einstellte. Eines Tages erhielt ich einen ziemlich originellen Bewerbungsbrief. Er war in Französisch verfaßt, wahrscheinlich mit einem Gänsekiel, und bat um Arbeit, als lebten wir in einem anderen Jahrhundert:

Gott vergrößere Ihre Bleibe und fülle sie mit gutherzigen Geschöpfen und Kinderlachen!

Gott öffne Ihnen die Pforten des Lichts und des Wohlstands!

Ihr Herz bleibe schneeweiß, rein, fern von Schatten und Unordnung!

Ihre Augen seien anwesend und Ihr Gehör unangetastet,

denn was ich Ihnen erzählen werde, ist die Geschichte eines unschuldigen Menschen, der von vergüldeten Worten genarrt wurde. Doch ich werde Sie nicht langweilen. Sie müssen wissen, daß mein Vater ein Pfeiler der Gesellschaft unserer Stadt war und daß unser Haus stets offenstand mit seinen geräumigen Höfen, in denen ein Pferd frei lebte. Sie müssen wissen, daß es Unglück in der Welt gibt, daß Mißgunst und Scheinheiligkeit unter den Menschen üblicher sind, als Sie glauben. Der Undank ist auch sehr verbreitet. Heute bin ich auf Sie angewiesen, auf Ihren Gerechtigkeitssinn, auf Ihre Güte. Ich bin jetzt so frei wie das Pferd in unserem Hof; doch was gilt die Freiheit, wenn sie nicht in Arbeit ausgeübt wird? Dies alles, um von Ihrer hohen Gunst eine Anstellung in Ihrem schönen, dauerhaften Amt unter der Schirmherrschaft des Wirtschaftsministeriums zu erbitten.

Gott gebe, daß dieser Brief Sie weder vor Ihrem Morgenkaffee erreicht, noch nach einer Unannehmlichkeit oder während einer Ruhepause. Er muß im rechten Augenblick auftauchen, doch wie soll ich den erkennen? Ich werde ihn an Ihrer Antwort erkennen, die ich zustimmend und bald erhoffe.

Ihr ergebener Diener, jetzt und in Zukunft...

Als ich diesen Brief wieder zusammenfaltete, fiel mir eine Inschrift auf – dünn, mit dem Bleistift unten an die Seite am linken Rand geschrieben. Es fiel mir schwer, sie zu entziffern, so klein waren die Buchstaben: *Wenn Sie mich einstellen, gebe ich Ihnen tausend Dirham. Das bleibt unter uns!*

Es war ein gemurmelter, geflüsterter, dahingesagter, also kaum sichtbarer, löschbarer, da mit Bleistift geschriebener Einwurf.

Ich hatte lachen müssen, ein Radiergummi genommen, das Gemurmel ausradiert und dann die Akte an den direkten Personalverantwortlichen weitergereicht. Ich habe nie erfahren, ob jener Mann eingestellt worden war oder nicht.

Tausend Dirham! Damals war das viel Geld, mindestens das Gehalt eines Gymnasiallehrers. Ich hatte meiner Frau davon erzählt. Sie hatte gelacht und nicht verstanden, warum ich nicht persönlich auf das Angebot eingegangen war.

Ich bin immer noch allein im Büro. Mein Mitarbeiter verspätet sich. Vielleicht läßt er mich absichtlich allein, damit ich zu einer Entscheidung komme. Ich nehme den Umschlag wieder auf. Ich wiege ihn in der Hand. Ich stecke ihn in die Innentasche meines Jacketts. Man sieht, daß ich etwas Voluminöses mit mir herumtrage. Vielleicht eine dicke Brieftasche oder einen Packen Briefe. Liebesbriefe zum Beispiel. Das Bild von mit einem Band umschnürten Liebesbriefen, die man an den Schreiber oder die Schreiberin zurückgibt, hat mich schon immer fasziniert. Habe ich Liebesbriefe an Hlima geschrieben? Ich erinnere mich nicht. Doch ich verspüre den Drang, an Najia zu schreiben. Ich stehe auf, gehe ein paar Schritte und spüre, daß ich mich verändert habe. Ich bin ein reicher Mann. Eine Frage kommt mir in den Sinn: Sind die zwei Millionen allein für mich, oder muß ich sie teilen? Ich denke, die zweite Möglichkeit ist die wahrscheinlichere. Wenn ich teilen soll, mit wem? Mit Hadj Hamid, mit dem Chef oder dem Schaouch?

Das Telefon klingelt. Der Chef fragt, wie weit ich mit der Akte Sabbane bin. Ich sage ihm, daß ich daran arbeite. Er legt auf. Ich fühle den Druck, der auf mir lastet. Das Schlimmste taucht vor meinem geistigen Auge auf: Sie ertappen mich auf frischer Tat, Bestechung in flagranti. Ich werde verhaftet, gedemütigt, der Familie meiner Frau zum Fraß vorgeworfen, meine Kinder haben nicht einmal mehr das Wenige, das ich ihnen biete. Welch ein Alptraum! Es klopft an der Tür. Der Schaouch bringt mir ein Glas Tee und fragt nach meinen Kindern. Es sieht so aus, als habe ihm jemand Bescheid gesagt. Ich bedanke mich und entlasse ihn. Nehme einen Schluck Tee und ziehe den Packen Geld aus der Tasche. Ich verteile ihn auf zwei gelbliche Umschläge, die ich in die rechte Schublade sperre. Ich unterzeichne alle Dokumente, ohne sie auch nur zu lesen, drücke auf die Klingel. Der Schaouch eilt herbei. Ich strecke ihm die Akte hin und bitte ihn, sie zum Eintragungsbüro weiterzuleiten. Ich stoße einen tiefen Seufzer der Erleichterung aus. Es ist einfach, schnell und undramatisch. Was für ein Narr ich war, so viele Skrupel zu hegen. Ich habe den Schritt getan. Ich bin nicht mehr der gleiche und werde sogar noch besser werden. Ich öffne einen der zwei Umschläge und entnehme ihm zwei blaue Zweihundertdirhamscheine. Sie sind ganz neu, ganz sauber und riechen noch nach Druckerschwärze. Ich schließe die Schublade wieder ab und verlasse mein Büro. Es ist Mittagszeit. Ich nehme ein Taxi und sage dem Fahrer: «Zum Restaurant La Mer in Aïn Diab.» Ich habe immer davon geträumt, Meeresfrüchte in diesem Restaurant zu essen. Unser Amtsleiter hatte uns einmal zu seinem Geburtstag dorthin eingeladen. Ich beschließe, mir zwei glückliche Stunden zu gönnen. Selbstsüchtig. Warum auch nicht?

Ich setze mich an einen Tisch mit Meeresblick. Das

Wetter ist schön. Die Wellen sind groß und weiß. Ich liebe das Geräusch, das entsteht, wenn sie auf dem Felsen aufschlagen. Ich rufe den Kellner und bitte zuerst um Zigaretten, Gitanes ohne Filter. Ich bestelle. Trotz meines kleinen Vermögens lese ich die Karte von rechts nach links, vom Preis zum Gericht. Ich rechne schnell nach. Eine Krabbenvorspeise, eine Seezunge Müllerin und eine Crème Brûlée... 279 Dirham, dann noch eine halbe Cabernet und eine Flasche Oulmes, das Ganze dürfte 300 Dirham nicht übersteigen.

Ich genieße jeden Augenblick. Entspanne mich. Ich vergesse meine Probleme. Klammere alles aus, was mir diese zwei Stunden Freiheit und Vergnügen verderben könnte. Ich denke an Najia. An ihren Körper. Zum erstenmal ziehe ich sie aus und entdecke ihre festen Brüste, ihren flachen Bauch und ihren rundlichen Hintern. Mit ihren acht- oder neununddreißig Jahren ist sie noch sehr schön. Es muß am Wein liegen. Ich wage mir vorzustellen, was ich mir bisher zu tun verweigerte. Ich sollte von Zeit zu Zeit trinken. Ich bin sicher, das würde mir helfen, schwierige, konfliktreiche Situationen zu meistern. Ich habe gut gegessen und getrunken, begleiche die Rechnung, hinterlasse ein Trinkgeld und rufe ein Taxi. Man behandelt mich wie einen Boß, einen Chef. Das ist angenehm. Ich werde mit niemandem über diese kleine Flucht sprechen. Ich fühle mich leicht und gleichzeitig voll. Ich bitte den Taxifahrer, langsam zu fahren. Ich möchte nicht so schnell wieder im Büro ankommen. Es gilt, diesen Augenblick in die Länge zu ziehen. Er schlägt mir vor, eine Runde über die Küstenstraße zu fahren. Ich stimme zu. An diesem Vorfrühlingstag sehe ich

Leute sich auf Kaffeehausterrassen sonnen. Die sind glücklich, auch wenn der Himmel immer blau ist. Ich denke an den Regen, der uns dieses Jahr im Stich gelassen hat. Eine Welle von Optimismus überschwemmt mich, und ich glaube plötzlich daran, daß unser Land durchkommen wird. Ich identifiziere mich mit dem Land und sage mir, wenn ich den Kopf oben behalte, wird auch es gerettet werden.

Im Büro empfängt mich Hadj Hamid mit einem breiten Lächeln. Er erhebt sich und kommt mit ausgestreckter Hand auf mich zu. Ich begrüße ihn. Er wartet und verriegelt dann die Tür, um mir zu verstehen zu geben, was er verlangt. Ich schließe die Schublade auf und reiche ihm seinen Umschlag. Er schiebt ihn in seine Aktentasche und verläßt das Büro mit einem «Bis Morgen!». Er wird sein Geld verstecken. Wahrscheinlich hat er ein Schließfach bei der Bank. Ich sollte es genauso machen. Wenn ich unvermittelt von meinem Status als Armer zum Neureichen werde, fällt das sofort auf. Ich muß langsam vorgehen. Kein Wort zu Hlima sagen. Ich werde dieses Geld im Bücherregal verstecken. In einem dicken Buch, in Jean-Paul Sartres *Das Sein und das Nichts* zum Beispiel, das ich auf dem Flohmarkt in der Medina gekauft habe. Indem ich den Titel umkehre, vom Nichts zum Sein komme, werde ich wissen, daß das Buch mich betrifft. Wer soll auch sonst auf den Gedanken kommen, diesen Wälzer zu lesen? Ich liebe die Stelle über den Blick. Zu einem bestimmten Zeitpunkt habe ich nachgefühlt, was Sartre über den Kaffeehauskellner sagt. Ohne daß Raum für Phantasie oder Überraschung blieb, führte ich die alltäglichen und fast automatischen Gesten eines Büroangestellten aus. Ich denke, ab heute wird das anders. Ich nehme einen nagelneuen Notizblock und schreibe einige Entschlüsse auf:

– Ab heute werde ich mich ändern. Ich halte inne und frage mich: «Wie kann ein Vierzigjähriger sich noch ändern? Du weißt genau, daß das unmöglich ist. Man ändert sich, wenn man jung ist, seine Identität sucht, in meinem Alter ändert man sich nicht mehr.» Sagen wir einfach, es ist ein Vorsatz, den Rest werden wir sehen. Doch was ändern? Vor allem meinen Gang. Ich muß beim Gehen unbedingt das Haupt erheben, den Rücken gerade halten und die Hände bewegen. Wenn ich diesen Teilaspekt verändere, habe ich schon halb gewonnen.

– Einen natürlichen Gang hat man nur, wenn man sich in seiner Kleidung wohl fühlt. Also muß ich mich anders anziehen. Ich werde weite Anzüge und schöne Schuhe tragen. Ich habe oft in den Illustrierten gelesen, daß die Eleganz eines Mannes bei seinen Schuhen anfängt. Keine Angst mehr vor Farben.

– Ich beschließe auch, das Rauchen aufzugeben. Ich warte auf den Ramadan, um der Vergiftung meiner Lungen ein Ende zu setzen.

– Ich werde nicht mehr fernsehen. Statt dessen werde ich lesen oder Musik hören. (Eine Hi-Fi-Anlage in Sebta oder Tetouan kaufen.)

– Ich werde das Wochenende nicht mehr zu Hause verbringen. Mit der Familie werde ich ans Meer oder in die Berge fahren. Man muß schließlich leben. (Ein Auto kaufen, selbst ein gebrauchtes.)

– Langsam essen. (Nicht mehr zwischen den Mahlzeiten essen.)

– Sport treiben (Gymnastik oder Radfahren).

– Ein Tagebuch führen. (Einen Tresor kaufen, ihn verstecken und das vom Himmel gefallene Geld hineintun.)

– Was Najia betrifft, so bald wie möglich das Richtige zu ihr sagen.

Ich kaufe einen Blumenstrauß, den ich bei Najia abgeben will. Falls ich dort niemanden antreffe, werde ich ihn Hlima überreichen. Das wird wahrscheinlich zu peinlichen Fragen führen. Ich bringe gewöhnlich keine Blumen mit nach Hause. Ich werde ihr sagen, daß der Chef uns eine Prämie zugestanden hat und daß ich die Blumen zur Feier des Tages gekauft habe.

Ich fühle mich wie neugeboren. Jeden Augenblick erwarte ich, meine zweite Stimme zu hören. Merkwürdigerweise meldet sie sich nicht zu Wort. Ich habe meine Unterschrift unter ein Schriftstück gesetzt, das es einem Mann ermöglicht, seine Arbeit zu tun. Ich habe weder gestohlen noch jemandem etwas weggenommen. Ich habe einzig und allein eine Handlung vereinfacht. Mit einer Million werde ich etwas Luft holen können. Ich werde den Krämer bezahlen. Besser noch, Sonntag werde ich auf den Großmarkt gehen und Vorräte für einige Wochen einkaufen. Das Ganze werde ich mit einer Toyota-Taxe nach Hause transportieren, und das ist der Schlußstrich unter den Kredit mit Zins beim ungewaschenen Krämer. Ich werde meiner Frau sagen, daß es das Prämiengeld ist, und hoffen, daß sie nicht zu viele Fragen stellt.

Eines meiner Hauptprobleme im Leben ist, daß ich nicht lügen kann. Ich habe mit der Zeit gelernt, mich an

Unterlassungslügen heranzuwagen. Das ist eine Form von Feigheit. Ich sage nichts. Das als Vergessen maskierte Schweigen rückt vor. Meine Frau weiß es. Sie entdeckt immer, was ich zu verbergen suche. Man braucht mich nur einen kurzen Moment lang zu beobachten, und schon verliere ich die Nerven. Wenn ich nach Hause komme, wird sie merken, daß etwas an mir anders ist. Sie wird mich belagern, Fragen in alle Himmelsrichtungen abfeuern. Ich werde schweigen. Mich nicht bewegen. Oder aber das Geld mit ihr teilen, um meine Ruhe zu haben.

Könnte sie meine Gedanken lesen, nachts, wenn sie an meiner Seite schläft! Sie würde mich erwürgen. Ich sehe mich als Witwer mit bereits unabhängigen Kindern; ich sehe Najia in meinen Armen, in meinem Leben. Ich weise jeden unangenehmen Gedanken im Zusammenhang mit Najia von mir: zum Beispiel Najia als Kranke oder wutentbrannt; vernachlässigt und unachtsam, schlampig. Oft strengen sich die Ehefrauen nicht an, zu Hause schön zu sein; sie kleiden sich egal wie und frisieren sich kaum. Den Ehemann braucht man nicht mehr zu verführen.

Hlima ist noch nicht zu Hause. Karima teilt mir mit, daß sie bei ihrer Mutter ist. Im allgemeinen kommt sie aufgebracht und kampfbereit nach einem Besuch bei ihrer Mutter zurück. Ich nutze die Gelegenheit und verstecke das Geld in *Das Sein und das Nichts*, dusche und sehe die Hausaufgaben meiner Tochter nach. Die Mathematik, die sie in der Schule lernt, ist anders als zu meiner Zeit. Ich leiste der über den Formeln brütenden Karima Gesellschaft, lege ihr meine Hand auf die Schulter. Sie hebt die Augen zu mir, als brauche sie etwas. Ich bemerke unendliche Traurigkeit in ihrem Blick. Meine Augen werden feucht. Sie sagt zu mir:

– Warum ist Mutter so oft erzürnt über dich, über uns? Sie sagt, es sei deine Schuld, daß wir arm sind. Stimmt das?

Ich frage sie, ob ihr etwas Bestimmtes fehlt. Ihr Gesicht hellt sich auf, und sie antwortet:

– Ja, ich möchte mit dir verreisen! Das ist ein Traum. Ich weiß, daß wir nicht genug Geld haben, um es wie die anderen zu machen. Doch eines Tages, wenn du viel Geld verdienst, wirst du mich aus dem Schlaf rütteln und nach Tanger mitnehmen, um die beiden Meere zu sehen.

– Auch ich möchte gerne mit dir fortgehen. Ich verspreche dir, eines Tages hole ich dich und nehme dich mit ins Land der Träume.

Hlima kommt wütend herein. Sobald sie den Blumenstrauß sieht, senkt sie die Stimme und fragt, ob wir Besuch haben. Karima wendet sich ihr zu, sieht sie an und deutet mit den Augen auf mich.

– Ach, du hast vergessen, Brot und Milch zu kaufen und schenkst uns statt dessen Blumen. Das ist ja etwas ganz Neues! Was soll das bedeuten?

Ausnahmsweise beschließe ich, die Wahrheit zu sagen:

– Ich habe die Blumen gekauft, um sie einer freundlichen, vornehmen Dame zu schenken. Da ich sie nicht antraf, bringe ich den Strauß mit nach Hause.

– Sonst noch was? Welche Frau wollte von einem Hungerleider wie dir etwas wissen? Die muß verrückt oder lasterhaft sein. Ich gebe zu, es wohnen einige solche hier in der Nachbarschaft. Du hast die Qual der Wahl, angefangen bei deiner Kusine. Die ist so allein, daß sie sich mit einem Versager wie dir zufriedengäbe. Los, versuch dein Glück, du kannst mir später alles erzählen.

Ohne mich aufzuregen oder ein Wort zu sagen, trete ich an das Bücherregal, nehme *Also sprach Zarathustra* und *Das Sein und das Nichts* heraus und stecke sie in eine Plastiktüte. Ich beuge mich zu Karima nieder, küsse sie und gehe hinaus, ohne die Tür zuzuschlagen. Draußen ist die Luft sanft. Ich nehme eine Gitane heraus und zünde sie an. Ich fühle mich leicht, sogar glücklich. Meine Ohren dröhnen noch von Hlimas Stimme. Ich schlage den Weg zu Najias Haus ein und klingele dort. Sie macht mir selbst die Tür auf. Erstaunt bittet sie mich herein und fragt mich, ob alles in Ordnung ist.

– Nein. Nichts ist in Ordnung. Aber ich muß mit dir sprechen. Ich weiß, daß ich dich störe.

– Du störst nicht. Eben habe ich die Klassenarbeiten der Schüler fertig korrigiert. Meine Tochter schläft, und meine Mutter ist vor einer Woche zu ihrem älteren Bruder gefahren.

Sie bittet mich in ihr Wohnzimmer. Am Ehrenplatz an der Wand hängt ihr Hochzeitsfoto. Sie wirkt müde. Der Ehemann lächelt. Fast könnte man meinen, sie habe gewußt, daß ein Schicksalsschlag das Paar treffen werde. Oder weshalb wirkt sie sonst so verkrampft? Sie bringt mir einen Orangensaft und sagt mir nach kurzem Schweigen:

– Ist es wegen Hlima? Ich habe sie neulich im Hammam getroffen. Sie war nicht herzlich zu mir. Ich habe mir gesagt: Sie muß unglücklich sein.

– Ja, das ist sie.

– Was wirst du nun tun?

– Im Augenblick steht mir der Sinn nach etwas Erholung.

– Hat dich jemand hereinkommen sehen?

– Nein, ich glaube nicht.

– Ich frage, weil die Leute boshaft sind. Sie überwachen mich und reden schlecht von mir. Es ist hart, in diesem Land als alleinstehende Frau zu leben. Manchmal überkommt mich der Drang, auf einer Terrasse am Meer etwas zu trinken und eine Zigarette zu rauchen. Wenn ich es täte, würde man mich für eine Hure halten. Deshalb komme ich nach Hause und kümmere mich um meine Tochter. Nachts ist mir kalt. Von der Einsamkeit wird einem kalt. Ich kann noch so viele Decken um mich schlagen, meine Glieder fühlen sich eiskalt an. Ein von Kälte durchdrungener Körper stirbt daran. Manchmal schläft meine Tochter an mich gepreßt. Sie hat ab und zu Alpträume. Ihr kleiner Körper wärmt mich ... Warum erzähle ich dir das alles? Wir sind Vetter und Kusine und kennen uns doch kaum, aber ich erkenne mich in traurigen Gesichtern; ich finde in ihnen etwas Familiäres, eine Ähnlichkeit. In diesem Augenblick fühle ich dich mir sehr nah, ich weiß, was du spürst. Du bist wie ein Spiegel.

Ich nehme ihre Hände und reibe sie zwischen meinen, um sie zu wärmen. Sie weint still vor sich hin und legt langsam ihren Kopf an meine Schulter. Seit langem habe ich kein so starkes, so schönes Gefühl mehr gehabt. Ich habe Angst, alles zu verderben, wenn ich etwas sage. Ich drücke sie an mich und küsse ihre tränennassen Wangen.

Wir haben die Nacht auf dem Sofa verbracht. Ich habe nur wenig geschlafen. Ihr Körper entspannte sich immer mehr und lag an meinen geschmiegt. Von Zeit zu Zeit überlief sie ein Schauder. Im ersten Morgengrauen bin ich aufgestanden und ins Büro gegangen. Ich habe meine beiden Bücher in ihr Bücherregal gestellt und habe das Wohnzimmer auf Zehenspitzen verlassen.

Hlima hat mich am Eingang des Hoch- und Tiefbauamts erwartet. Vor Schlaflosigkeit sah sie zerknittert aus. Sie hatte nicht geglaubt, daß ich fähig wäre, zur Tat zu schreiten. Mit jämmerlicher Miene kam sie auf mich zu.

– Wo warst du?

– Das geht dich nichts an.

Ein Freund hatte mir beigebracht, gleichgültig zu bleiben. Anscheinend hat diese Haltung oft Wirkung. Ich ging weiter. Sie kam hinter mir her und begann zu schreien. Da ich verschwunden war, wußten die Leute nicht, wen sie anbrüllte. Vom Fenster aus sah ich, wie sie sich wie eine Bettlerin davonstahl.

Auf meinem Schreibtisch sind in meiner Abwesenheit drei Akten gelandet. Sie tragen die Aufschrift *Vertraulich*, und mit der Hand ist noch *sehr dringend* hinzugefügt.

Ich habe den Eindruck, daß der gestrige Tag sehr lange her ist. Mit einem Schlag bin ich korrupt geworden, habe den Luxus entdeckt und meine Frau fast betrogen. All diese Umwälzungen in so kurzer Zeit! Da kann man schon das Gleichgewicht verlieren. Mir ist auch schwindlig. Vorhin, als ich an das offene Fenster trat, um zu rauchen, bin ich fast umgefallen. Vielleicht bin ich krank. Neulich habe ich im Radio einen Arzt gehört, der ungerührt erklärte, ab vierzig müsse man eine rektale Untersuchung machen lassen, um die Prostata zu überwachen. Ab diesem Alter muß man sich überholen lassen. Gut, ich habe gestern damit angefangen. Ich schlage eine neue Seite auf, lasse die Vergangenheit hinter mir und zähle stark auf die Zukunft, da Geld alles leichter machen wird. Im Augenblick weiß ich nicht, was ich tun soll. Wer geht vor? Ich selbst oder meine Kinder? Wie gewöhnlich werde ich mich von den Ereignissen überrollen lassen. Ich werde jedoch über das Wohlbefinden meiner Kinder wachen. Heute abend gehe ich nach Hause, um mich umzuziehen und Karimas Hausaufgaben nachzusehen. Danach werde ich mich absetzen und zu Najia gehen. Diesmal werde ich von der Zukunft, von unserer Zukunft sprechen.

Aufs Geratewohl schlage ich einen der drei Aktenordner auf. Zuerst suche ich den dicken Umschlag. Es ist keiner da. In den beiden anderen Ordnern auch nicht. Vielleicht ein Versäumnis, oder man wird es später nachholen. Ich warte auf Hadj Hamid, den Experten, er wird mir sagen können, was zu tun ist. Ich frage mich, ob ich ihn direkt darauf ansprechen soll oder lieber abwarten, bis er etwas sagt. Schließlich geht es auch um seinen Anteil, und er ist gewohnt, diese Art Geschäfte abzuwickeln. Ich fasse nichts an, sondern nehme das große Abrechnungsheft und lese mechanisch einige Seiten durch.

Der Schaouch sagt mir lächelnd, daß Herr Sabbane mich sprechen möchte. Plötzlich habe ich Angst. Was will er von mir? Vielleicht hat er seine Meinung geändert? Will er auch einen Anteil haben?... Das wäre die Höhe... Alles ist möglich, sobald man den Finger im Getriebe hat. Ich lasse ihn erst mal warten. Ich möchte meinen Mitarbeiter dabeihaben. Falls es ein Problem gibt, kann er damit besser umgehen als ich. Ich habe schon immer gesagt, daß Hadj Hamid ein besserer Marokkaner ist als ich. Er kann reden, er versteht es, die Dinge in dichterische und manchmal religiöse Formulierungen so einzuhüllen, daß seinen Gesprächspartnern die Sinne schwinden. Er kennt die Gedichte Chawkis und Omar Khayyams auswendig, ebenso wie Hadithen des Propheten und Sprichwörter aus Stadt und Land. Wie man in Arabisch sagt: «Seine Zunge ist eine Klinge».

Die Tür geht auf. Hadj Hamid und Herr Sabbane treten Hand in Hand ein. Mein Mitarbeiter stellt uns einander vor. Ich stammele ein paar höfliche Floskeln und sage, daß wir uns bereits kennen. Der Schaouch bringt ein Tablett mit Tee und Kaffee. Ich sehe einen Teller mit Croissants und Gazellenhörnchen. Noch nie haben wir im Büro so verschwenderisch gelebt. Sie sind entspannt. Ich dagegen bin ein Nervenbündel. Ich schwitze, fasele. Ich wage es nicht, diesem Mann in die Augen zu sehen. Ich bin nicht normal. Was ist Böses daran, mit einem unserer Antragsteller Kaffee zu trinken? Was ist überhaupt Böses daran, den Umschlag genommen zu haben? Ich höre ihrer Unterhaltung zu und denke an etwas anderes.

– Dieses Jahr geizt der Himmel!

– Wenn es nicht regnet, wird es immer mehr Bettler geben...

– Der Markt wird mit Schafsfleisch überschwemmt, und die Preise werden auf die Hälfte sinken...

– Wie kommt es, daß es in Spanien regnet und nicht bei uns?

– Wir haben einen Polizeikommissar, der in seiner Junggesellenbude Hunderte von Mädchen und Frauen vergewaltigt, sie dabei filmt und die Kassetten in Europa verkauft … Gott straft uns.

– Ach, dieser Kommissar ist ein Ungeheuer. Ich frage mich, worauf seine Anwälte plädieren werden? Wahnsinn?

Ich hüstele, bevor ich spreche.

– Das hat mit dem Wetter nichts zu tun. Dieser Mann ist ein Ungeheuer, und Ungeheuer dieses Schlags gibt es überall. Jeden Tag vergewaltigen Männer junge Mädchen. Wer weiß es? Wer spricht davon? Dies ist das erste Mal, daß unsere Presse eine solche Lokalnachricht bringt.

– Ja, aber er ist ein Ordnungshüter; er müßte beim Schutz der Bürger und Bürgerinnen ein Beispiel geben.

– Natürlich. Es ist Machtmißbrauch. Auf seiner Ebene ist es ersichtlich, aber auf der Ebene eines kleinen Beamten sieht man es nicht.

Ich hätte schweigen sollen. Warum um alles in der Welt halte ich hier eine Moralpredigt? Ich wechsle das Thema und frage Herrn Sabbane, ob alles in Ordnung ist.

– Ganz und gar in Ordnung, Herr Mourad. Ich wollte nur darauf hinweisen, daß zwei Dokumente in der Akte fehlen. Ich habe sie hier in meiner Aktentasche. Da fehlt noch Ihre Unterschrift.

Er holt sie beim Sprechen aus der Tasche. Ich sehe verstohlen Hadj Hamid an, der mir mit einer Kopfbewegung zu verstehen gibt, daß dieser Vorgang abgeschlossen werden muß. Ich werfe einen Blick auf die Papiere. Ich glaube, sie schon gesehen zu haben. Ich zögere und unterschreibe dann.

Gegen Ende des Arbeitstags überfällt mich Beklommenheit. Ich denke an meine Kinder, sehe Karimas trauriges Gesicht vor mir. Ich muß sie sehen. Ich beschließe, mit ihr nach Tanger zu fahren. Drei Tage Urlaub. Der Gedanke erfreut mich. Die Schwierigkeiten schwinden. Ich werde Hlima sagen, daß es mein gutes Recht ist, mit meiner Tochter zu fahren, wohin ich will. Ich werde Najia Zeit zum Nachdenken geben. Ich werde den Schaouch und Hadj Hamid zweiundsiebzig Stunden lang nicht sehen müssen. Ich fühle mich als freier Mensch. Das ist normal! Ich treffe Entscheidungen. Ich handle. Kann ein korrumpierter Mann frei sein? Das ist widersprüchlich. Das schmutzige Geld verleiht Flügel. Doch was ist diese Freiheit wert? Ich befreie mich vom Einfluß Hlimas und ihrer Mutter. Das ist gewaltig. Doch wenn ich konsequent bin und zum Beispiel ein neues Leben mit Najia beginne, werde ich viel gewonnen haben. Im Augenblick ist das wichtigste das Gelingen eines Kurzurlaubs mit meiner Tochter. Ich werde sie überraschen. Sie wird den Schulunterricht am Freitag versäumen, dafür werden wir im Zug arbeiten. Ich gehe bei Najia vorbei und rede mit ihr. Für den guten Verlauf der Reise werde ich aus *Das Sein und das Nichts* schöpfen.

Hlima liebt Skandale. Ihre Leidenschaft besteht darin, sich als Opfer auszugeben. Heute abend wird sie angesichts meiner Gleichgültigkeit Schreie ausstoßen, die Fenster aufreißen, die Nachbarn als Zeugen anrufen.

Heute abend wird sie es mir zeigen. Ich bereite mich schon darauf vor. Ich nehme ein Blatt und schreibe mindestens hundertmal die Empfehlung: «Sich nicht aufregen, Ruhe bewahren.»

Ich komme zu Hause an und wiederhole für mich immer wieder diesen Ratschlag, den ich nicht mehr hören kann. Hlima sagt nichts. Sie hat eine andere Strategie gewählt. Wahrscheinlich sammelt sie ihre Kräfte, um später um so heftiger angreifen zu können. Wie manche Tiere, die zurückweichen, um ihre Opfer besser anspringen zu können.

Ich ziehe mich um. Sie folgt mir schweigend überallhin. Ich gehe ins Kinderzimmer. Karima ist über ihrem Französischheft eingeschlafen. Ich streichele ihr Haar. Sanft wacht sie auf. Sie schenkt mir ein strahlendes Lächeln und wirft sich in meine Arme. Ich flüstere ihr ins Ohr, sie soll ihre Sachen packen, um morgen sehr früh nach Tanger aufzubrechen.

Die Regionalbahn zwischen Casablanca und Tanger ist bequem. Leider fährt sie nicht schnell. Sie braucht fast sechs Stunden für 350 Kilometer. Ich habe den Nietzsche mitgenommen. Zarathustra ist ein guter Weggefährte. Wenn ich ihn lese und ihm zuhöre, fühle ich mich besser. Karima ist eine aufmerksame kleine Dame. Sie fragt mich, ob alles in Ordnung ist, ob ich etwas brauche. Auch sie hat ein Buch eingepackt: die Sage von Kalila und Dimna. Sie kommt nicht zum Lesen. Statt dessen klebt sie an der Fensterscheibe, sieht sich die Landschaft an und gibt von Zeit zu Zeit einen Kommentar ab.

«Eine alte Frau keucht unter ihrer Last gebückt über

die Felder. Ein Mann, der auf einem Pferd sitzt, folgt ihr. Er ist nicht nett. Er sollte ihr helfen.»

«Wie die Bäume vorbeirasen...»

«Da sind Kinder, die Wasserbehälter schleppen, statt zur Schule zu gehen.»

Auf dem gegenüberliegenden Sitzplatz ist eine ältere Frau, eine Ausländerin, eingenickt; eine Illustrierte liegt aufgeschlagen auf ihren Knien. Über eine ganze Doppelseite lautet die Schlagzeile: «Zehn Tips für Ihren Orgasmus.» Vielleicht träumt die Dame gerade davon.

In Ksar el Kebir steigt ein Bauer zu. Er setzt sich neben die Ausländerin. Er riecht nach Gras und Heu. Sein Gesicht ist hart. Er sieht mich an, ich senke den Blick. Karima ist eingeschlafen. Ich bin auch schläfrig. Aber der Bauer beobachtet mich. Ich schließe die Augen und höre ihn Gebete murmeln. Vielleicht ist es Sabbane in Verkleidung, der mich verfolgt, um den Umschlag zurückzufordern. Er packt mich am Hemdkragen und droht mich zu erwürgen. Ich wache mit einem Ruck auf. Ich habe Speichel in den falschen Hals bekommen. Ich huste. Karima wacht auf. Wir sind in Asilah. Das Meer ist schön. Es glimmert. Seine Leuchtkraft tut weh in den Augen. In der Ferne sieht man kleine weiße aneinandergedrängte Häuser. Meine Tochter teilt mir mit, das Meer hier sei schöner als in Casablanca. Ich sage: «Und doch ist es dasselbe.» Sie antwortet: «Nein! Das ist unmöglich.» Ich widerspreche ihr nicht.

Von weitem sieht Tanger aus wie eine laszive, an der Bucht ausgestreckte Prinzessin, deren Haarpracht auf dem Meer treibt. Als wir am Bahnhof ankommen, drängen sich Jungen um uns, die alles mögliche anbieten: ein Hotel, ein Restaurant, ein Taxi, ein Haus, amerikanische Zigaretten, geschmuggelten Whisky, holländischen Käse, Haschisch. Manche bieten nichts an, sondern strecken die Arme aus, um unsere Taschen zu tragen oder zu betteln. Karima ist müde und hungrig. Wir kehren in eine kleine Grillbude ein, setzen uns mit Blick auf den Strand und essen mit seltenem Genuß.

Ich komme mir vor, als seien wir im Ausland, weit weg vom Büro und von zu Hause. Ich habe nur selten wirklich Urlaub genommen und mich entspannt und ausgeruht gefühlt. Ich rechne schnell nach: zwei Übernachtungen im Hotel Minzah, plus Restaurant- und Kaffeehausbesuche, werden mich 1500 Dh. kosten. Zum Teufel mit der Sparsamkeit! Ich beschließe, meiner Tochter das Beste zu bieten. Sobald wir im Minzah ankommen, springt Karima ins Schwimmbad, während ich *Zarathustra* lese.

Nachmittags rufe ich einen Jugendfreund an, der ein Reisebüro leitet. Er hatte vorher in einem großen Unternehmen gearbeitet, wo er, wie er sagt, dazu da war, zu verhindern, daß «alles glatt stiehlt». Man nannte ihn auch «Sandkorn», nicht weil er von kleinem Wuchs ist, sondern weil er sich immer zwischen die Verwaltungsräder warf, um die Korruption einzudämmen. Eines Tages, als er gerade anfing, dort zu arbeiten, schickte ihn der Chef nach El Huceima zum Kauf eines Gebäudes, um im Rif eine Zweigstelle der Firma zu eröffnen. Er konnte sich zur Zahlung von bis zu fünfhunderttausend Dirham verpflichten. Mein Freund nahm seine Rolle ernst, fand ein passendes Objekt und handelte den Preis dann auf dreihunderttausend Dirham herunter. Bei seiner Rückkehr in Casablanca verkündete er seinem Chef triumphierend, er habe zweihunderttausend Dirham für die Firma gespart. Der Chef erwiderte ihm wütend: «Wer hat Sie denn gebeten zu handeln... Sie haben nichts verstanden. Ihre Reise sollte nur eine Formsache sein. Sie haben alles verdorben.» «Im Gegenteil, ich habe alles geregelt. Der Vertrag ist unterschrieben, und für mich ist der Fall erledigt!» antwortete er. Seither hat er es sich in den Kopf gesetzt, überall herumzuschnüffeln und jegliche Anhaltspunkte für Diebstahl und Unterschlagung aufzuspüren. Da man ihm nichts vorwerfen konnte und er kompetent war, gelang es dem Chef nicht, ihn zu entlassen. Dafür schickte er ihn ins Ausland, in ein Land im Kriegszustand mit dem uneingestandenen Ziel, ihn loszuwerden. Auch dort bemühte er sich, die Korruption zu verhindern und war gezwungen, nach Casablanca zurückzukehren, als sein Büro und seine Wohnung bombardiert wurden.

Die Fortsetzung seiner Geschichte war voraussehbar. Unter dem ersten sich bietenden Vorwand, als ihm nämlich in einer Besprechung mit dem Amtsleiter ein grober Ausdruck entfuhr, wurde er entlassen. «Sandkorn» war jetzt arbeitslos, aber stolz auf seine Unbescholtenheit. Seither hat er sich selbständig gemacht.

Werde ich es wagen, ihm zu gestehen, daß ich schließlich nachgegeben habe, daß ich nicht mehr derselbe bin und für mich ein neues Leben beginnt?

Wir treffen uns und reden über die Kinder, die Schulkosten, die Preiserhöhungen und unser Dasein als Arme. Er wundert sich, daß ich im teuersten Hotel der Stadt abgestiegen bin. Ich sage ihm, daß ich eine Prämie erhalten habe und meiner Tochter diese paar Urlaubstage schenke. Er wirkt nicht überzeugt und sagt mir dann:

– Du hättest doch bei uns wohnen können.

– Karima träumte davon, in einem Hotel mit schönem Schwimmbad zu wohnen. Es ist ein Geschenk. Ich werde ihr das nicht oft bieten können.

Er erzählt mir von seinem Prozeß gegen die Firma, die ihn entlassen hat, und erinnert mich daran, daß er nie entlassen worden wäre, wenn er gestohlen hätte.

Wir machen einen langen Spaziergang durch die Stadt und essen dann bei ihm zu Hause zu Abend. Am nächsten Tag begleitet Karima Maria, die Tochter meines Freundes, zum Reitclub. Sie kommt zurück und erzählt begeistert davon. Ich sage: «Wir werden sehen.»

Am Sonntagnachmittag nehmen wir um vier Uhr nachmittags den Zug. Karima ist schnell eingeschlafen. Ich kann mich nicht aufs Lesen konzentrieren. Das Fest ist vorbei. Ich fühle mich wie ein Soldat, der nach ein paar freien Tagen in die Kaserne zurückmuß. Ich mag nicht nach Hause fahren. Ich fühle mich wieder schwach, von Zweifeln geplagt. Die zweite Stimme taucht in mir auf und sagt mir, ohne laut zu werden, was ich bereits weiß: «Dein Freund hat mehr Verdienste als du. Er kämpft gegen die Wölfe, gegen die Korrumpierer, gegen ein ganzes System. Er ist allein. Du hast ihn belogen. Eure Freundschaft ist dabei, durch Verrat beeinträchtigt zu werden. Er arbeitet sieben Tage die Woche, um über die Runden zu kommen, nimmt niemals

Urlaub und denkt nur an die Zukunft seiner Kinder. Dazu muß man sagen, daß ihn seine Frau sehr unterstützt. Sie begnügt sich mit dem, was er nach Hause bringt, und verlangt nicht mehr. Sie kennt die Situation und hat ihren Mann nie gedrängt, wie die anderen zu handeln. Du hast lange Widerstand geleistet, doch du hast schließlich dem von allen Seiten kommenden Druck nachgegeben. Was soll nun aus dir werden? Was sind deine Pläne? Du willst mit Najia ein neues Leben anfangen. Doch hast du die Mittel, allen Anforderungen einer so schönen, lebenslustigen und hoffnungsvollen jungen Frau zu genügen? Wirst du die körperliche Kraft und die notwendige Energie für den Krieg haben, den Hlima nicht zögern wird, gegen dich zu führen? Sie wird nicht auf halbem Wege stehenbleiben, denn sie hat lange gewartet und wird es nicht ertragen, daß eine andere in den Genuß deiner sogenannten ‹Prämien› kommt. Furchterregend, unnachgiebig und fanatisch: so wird sie sein, und nichts kann sie zum Einlenken bewegen. Vielleicht verbirgt sich Liebe hinter diesem Kriegsgebaren, jedenfalls wird sie dir keine Ruhe geben. Mein armer Freund! Du tatest gut daran, der Kleinen diese paar Tage zu schenken, selbst wenn du mit schmutzigem Geld bezahlt hast. Sie hatte das nötig. Nun mußt du dich entscheiden: Du gehst nach Hause, gibst das Geld zurück und bleibst sauber, oder du zerstörst alles und ziehst ins Abenteuer. Du vergißt, daß du weder ein Abenteurer noch ein Spieler bist. Du bist ein Winzling, der an seiner Unbescholtenheit erstickt. Deren Anforderungen beherrschen dein ganzes Leben, und jetzt kommst du vom sogenannten geraden Weg ab. Leb wohl, mein Freund! Ich überlasse dich deinen Landschaften und Gedanken.»

In Kenitra steigt eine schöne junge Frau in Begleitung eines alten Herrn ein. Sie könnte seine Tochter sein. Doch sie ist nicht seine Tochter, sondern seine Frau. Augenscheinlich ist der Mann reich; er ist kein Städter. Sie ist wahrscheinlich eine Tochter aus bescheidenem Hause. Zu stark geschminkt, mit zuviel Schmuck behängt und in eine starke Duftwolke eingehüllt, wirkt sie ganz einfach ungeschickt. Beim Hinsetzen kippt ihre Tasche um. Auf den Sitz purzeln goldene Armreifen und eine goldene Kette, eine vollgestopfte Brieftasche, einige zerknitterte Hundertdirhamscheine, zwei Lippenstifte, ein Taschentuch, eine Haarbürste, ein Schlüsselbund und ein in eine Koranseite eingewickeltes Amulett. Als sie sich bückt, um diese Gegenstände einzusammeln, sehe ich deutlich ihre Brüste. Sie sieht mich mit einem komplizenhaften Lächeln an. Ich helfe ihr, Ordnung zu schaffen. Der Alte sagt zu mir:

– Die Frauen sind die Nichten des Teufels... sie verstecken ihr Gesicht hinter Puder und Staub... und wir liegen ihnen wie kleine Hündchen zu Füßen oder knien vor ihnen, wie Sie jetzt gerade.

Ich erhebe mich und antworte mit der Formel:

«Gott schütze Sie vor dem Teufel und seiner Nachkommenschaft!»

Ich sehe sie an. Die ist vielleicht unverfroren. Der Alte ist eingenickt. Ich fühle, daß sie zu allem bereit ist. Ich habe Angst vor dieser Art Frauen. Karima wacht langsam auf. Die Frau nutzt das, um sich zu uns zu setzen. Sie nimmt Karima auf den Schoß, macht ihr Komplimente und lädt uns dann in ihre Villa in Anfa ein. Sie gibt mir ihre Adresse und Telefonnummer. Karima fragt, ob sie Kinder und ein Schwimmbad hat.

– Keine Kinder, aber ein schönes Schwimmbad.

Als wir uns Casablanca nähern, wacht der Ehemann auf und entschuldigt sich, daß er mit dem Zug fährt.

– Mein Fahrer, dieser Depp, hat gerade das siebte Kind bekommen. Ich kann ihm noch so oft sagen, daß der Planet übervölkert ist, er schwängert seine Frau weiter. Deshalb konnte er uns nicht in Kenitra abholen. Der Stoffel! Er hat zu mir gesagt: «Sie können ja den Zug nehmen.» In welchen Zeiten leben wir! Es gibt keinen Respekt mehr; bald wird es keine Reichen mehr geben!

Ich setze Karima zu Hause ab, ziehe mich um und will weggehen. Da stellt sich meine Frau in die Tür und läßt mich nicht hinaus. In der Hand hält sie einen Haufen Schlafpillen, die sie hinunterzuschlucken droht. Ich setze mich und fordere sie auf, Schluß mit dem Theater zu machen. Sie brüllt ihren Haß und ihren Schmerz heraus. Indessen flimmert eine ägyptische Fernsehserie über den Bildschirm, in der eine verlassene Ehefrau aus Leibeskräften schreit. Ich weiß nicht mehr, ob ich zu Hause oder im Fernsehfilm bin. Ich schalte den Fernseher aus. Meine Frau beruhigt sich, setzt sich neben mich und bittet um Verzeihung. Ich habe sie noch nie in einem solchen Zustand gesehen. Sie, die Starke, Selbstsichere, senkt den Kopf und macht sich klein? Ich wittere eine Falle, eine neue Taktik. Ich sage mir: «Man muß standfest, anständig bleiben und nicht nachgeben.» Ich sehe dieses Heim, das mir nicht mehr entspricht, die Möbel, den Sofabezug, die Familienfotos an der Wand, ich betrachte die Unordnung und fühle mich immer fremder. Mein Ältester tritt mit seinen

Büchern unter dem Arm ein. Er sagt nichts, nimmt ein Stück Obst und geht wieder hinaus, um seine Aufgaben unter den Straßenlaternen des Viertels zu machen.

Karima schläft. Ich versuche, mit Hlima zu reden. Ich spüre, daß der Riß tief geht und nicht aus diesen letzten Tagen stammt.

– Wenn wir heute vor einer Trennung stehen, sage dir immer, daß deine Mutter ein gerüttelt Maß Schuld daran trägt. Die Religion des Geldes verdirbt alles, was sie berührt. Sie verachtet die bescheidenen, die ehrlichen Leute, die zu keinem Betrug fähig sind. Diese Verachtung habe ich lange Zeit auf der Haut getragen. Ich war sogar stolz darauf. Je mehr deine Mutter sie mir zu verstehen gab, desto stärker wurde meine Unbescholtenheit. Doch wie hart ist solch ein Kampf! Ich habe mich so lange widersetzt, wie ich konnte... Und eines Tages habe ich nachgegeben, mehr um meinen Kindern ein Leben in Armut zu ersparen, als um mich des demütigenden Blickes deiner Mutter zu entledigen. Du warst immer auf ihrer Seite. Deshalb gehe heute zu ihr, ziehe in ihr Haus, und laß mich in Frieden. Ich werde mich darum schlagen, daß es meinen Kindern an nichts fehlt. Ich werde mir keinerlei Luxus gönnen, bevor ich nicht ihre Zukunft gesichert habe. Ich gehe. Versuche nicht mehr, mich zurückzuhalten. Zwischen uns gibt es schon lange keine Liebe mehr. Unser Leben war stumpf und öde geworden. Wir waren nicht mehr gut füreinander.

Ich verlasse das Haus und lasse sie von dieser Klarstellung wie vom Schlag getroffen zurück. Ich klingele an Najias Tür. Nichts rührt sich. Ich drücke immer wieder auf die Klingel. Eine Nachbarin öffnet das Fenster und sagt mir, Najia sei verreist. Ich bin allein, müde und obdachlos. Nach Hause zurückkehren? Unmöglich. Ich beschließe, die Nacht draußen zu verbringen. Ich laufe den Boulevard Gandhi entlang. Immer mehr Gymnasiasten und Studenten bereiten den Unterricht auf dieser gut erleuchteten Allee vor.

Mein Sohn hält mich an.

– Wohin gehst du, Papa?

– Nirgendwohin. Ich laufe ein bißchen herum. Die Luft ist mild.

Er schlägt vor, mich zu begleiten.

– Zu Hause geht es nicht so toll, Papa!

– Nein, nicht so toll. Das Leben ist nicht einfach. Sobald sie Geld haben, erdreisten sich die Leute, einen anzurempeln und einem auf die Füße zu treten. Und bei dir in der Schule?

– Ich arbeite; manchmal bin ich entmutigt, besonders da bekanntlich alles auf Günstlingswirtschaft beruht. Ich möchte eine erstklassige Hochschule besuchen. Man muß natürlich beim Eingangsexamen unter den Besten sein, aber oft reicht das nicht, man braucht eine Empfehlung, und die ist nicht käuflich. Ich bin wie du, Bestechung kommt nicht in Frage. Wenn übrigens alle so handeln würden wie wir, ginge es unserem Land sicher besser. Ich mag das arabische Wort für Korruption; das von innen Ausgehöhlte, von den Motten Zerfressene, man bezeichnet so das kaputte Holz, das zu nichts mehr taugt, nicht einmal zum Verfeuern. Der Mensch ist genauso. Wenn er seine Seele verkauft, wenn er das Gewissen der anderen erkauft, beteiligt er sich an einem Prozeß der allgemeinen Zerstörung.

Weißt du, Korruption ist wie Bettelei. Es gibt Bettler, weil die Leute Almosen geben.

Wir schlendern weiter. Ich höre meinem Sohn zu. Mir tut alles weh, doch ich sage nichts. Er schlägt vor, mich mit nach Hause zu nehmen. Ich stimme zu. Unterwegs sagt er mir, daß am Wochenende zwei Männer nach mir gefragt haben. Vielleicht war es Hadj Hamid, der glaubt, mir einen Gefallen zu tun, wenn er mich auf Kneipentour mitnimmt. Ich setze mich ins Wohnzimmer und lese. Meine Aufmerksamkeit schweift ab. Ich lege das Buch weg und lösche die Lampe. Die Nacht wird lange und schwierig. Die Worte meines Sohnes tauchen erneut vor mir auf. Ich schäme mich. Ich beschließe, Sabbane den Umschlag wiederzugeben. Im Augenblick ist er in *Das Sein und das Nichts* in Najias Bücherregal. Ich hoffe, sie kommt bald zurück. Dann brauche ich jemanden, der mir Geld leiht, um zurückzuzahlen, was ich bereits ausgegeben habe. Es sind ungefähr zweitausend Dirham. Hlima hat bestimmt soviel. Ich muß mich mit ihr versöhnen. Ist dies der richtige Zeitpunkt? Es gibt Komplikationen. Nichts beweist, daß ich dieses Geld angerührt habe. Ich könnte es behalten und so tun, als hätte ich es nicht.

Wer hat behauptet, guter Rat käme über Nacht? Das stimmt nicht. Nicht nur, daß die Nacht keinen guten Rat bringt, sie verschlimmert die Tatsachen, bläht sie auf, läßt sie schwerwiegender wirken. Ich finde mich im Tunnel wieder. Krieche mühsam voran. Die Nacht ist eine Panikmacherin. Beim Gehen haben meine Füße Mühe, sich vom Boden zu lösen. Meine Schuhsohlen kleben am Pflaster. Bei jeder Anstrengung dehnen sich meine Waden. Ich schwitze. Kein Ausweg in Sicht. Es ist besser, aufzuwachen und ein Glas Wasser zu trinken. Die Alpträume sterben, wenn man sie unterbricht. Falls sie nicht so stark und so heftig sind, daß sie erneut den Schlaf abwarten, um wieder aufzutauchen und den auf dem Kopfkissen schlecht ruhenden Kopf zu verwüsten.

Jetzt sehe ich klar. Es ist mir unmöglich, etwas rückgängig zu machen. Das schlechte Gewissen soll sich nur weiter an mir abarbeiten. Es wirft mich in den Tunnel. Wenn das der Preis ist, so zahle ich ihn. Ich treffe eine Abmachung mit dem Pflaster im Tunnel. Ich werde jede Nacht hierher kommen. Irgendwann werde ich mich daran gewöhnen. Wenn ich diesen Ort der Finsternis lange genug aufsuche, werde ich meine Dämonen besiegen. Wie heißt es noch: das Herz wird zu Bronze oder geht zu Bruch. Kein Mitleid. Kein Zögern. Es wird Zeit, die ereignislosen leeren Jahre und dürren Jahreszeiten wettzumachen.

Die andere Stimme übernimmt: «Nun bist du endlich frei, du bist die Skrupel los. Du hast den Finger, die Hand und den ganzen Arm ins Räderwerk gesteckt. Jetzt heißt es vorwärts gehen, du wirst sehen, das ist ganz einfach. Du mußt eine Reihe Dinge an deinem Benehmen verändern. Ich weiß, du hast dir aufgeschrieben, was verändert werden muß. Das reicht nicht. Du mußt dir einen neuen Bekanntenkreis erschließen, ausgehen, dich zeigen, Kneipen besuchen, Runden ausgeben, Abendessen organisieren, Feste geben, kurz und gut, in die fette Haut eines Korrupten schlüpfen. Anfangs wirst du dich nicht wohl fühlen. Doch nach einigen Tagen wirst du dich wunderbar eingerichtet haben. Du wirst dich daran gewöhnen und die Welt mit ganz neuen Augen betrachten. Wer im Leben nichts wagt, der nichts gewinnt. So oder so hat dein kleines, dürftiges Leben keinen hohen Marktwert. Man könnte versuchen, es am Vorabend des Aïd el Kebir auf dem Schafsmarkt zu verhökern; ich bin sicher, niemand würde sich darum prügeln. Wer möchte schon in eine so dürre Haut hinein, in der nur Platz für einen halben Mann ist? Wer würde sich überschlagen, um sich diese vierzig elenden Jahre auf den Buckel zu hieven? Die Gefahr besteht kaum oder gar nicht. Deshalb, mein Freund, hör auf, uns mit deinen Skrupeln anzuöden, die deine Familie unglücklich machen. Nutze Najias Gutgläubigkeit aus, gib ihr ein wenig von deiner Zeit und von dem Geld, das du schmutzig nennst, mach sie glücklich, und sei es nur für eine Woche oder einen kurzen Frühling. Laufe, singe, schreie, springe, laß Farbe an deine Haut, spritze Orangenblütenwasser unter deine Achseln, lege dir eine neue Frisur zu, rasiere diesen lächerlichen Schnurrbart ab, dreh dich nicht um, da gibt es nichts zu sehen, geh nach vorne, und stell das Denken ein!»

Du hast recht, ich muß aufhören zu denken, sonst überkommt mich der Wahnsinn; ich weiß, er lauert mir auf, ich spüre, wie er herumlungert; er macht Krach, verhöhnt mich und verspricht dann, zurückzukommen und mir den Verstand zu rauben.

Gut. Seien wir einfach, klar und wirkungsvoll. Immer schön der Reihe nach: morgen früh auf dem Weg zum Büro werde ich bei Najia vorbeigehen und klingeln. Wenn sie da ist, verabrede ich mich mit ihr für den Abend. Ich muß mit ihr reden. Dann trinke ich im

Büro einen Kaffee mit dem Amtsleiter. Ich weiß, daß Hadj Hamid es so macht. Zwischen ihnen ist das ein Zeichen. Wir werden über alle möglichen Nichtigkeiten reden. Beim Abschied werde ich ihn fragen, ob es weitere Akten gibt. Er ist mein Chef, aber ohne meine Unterschrift vermag er nichts. Also, ab morgen früh acht Uhr schlüpfe ich in die Haut eines korrumpierten Beamten. Ich schäme mich nicht, es klar zu sagen. Mittags werde ich Hadj Hamid zum Essen einladen. Bei ihm sind meiner Meinung nach Andeutungen und Anspielungen überflüssig. Man muß offen reden, die Karten auf den Tisch legen. Ich werde ihn um Rat fragen wegen der Villa, von der ich träume. Vielleicht kann er mir einen Teil des Geldes vorstrecken. Wir werden sehen. Ich muß mich mit einem Geschäft pro Woche zufriedengeben. Nach einer schnellen und groben Kalkulation ergibt das zwischen vierzig- und fünfzigtausend Dirham, fast sechs Monatsgehälter. Wenn man dabei den Urlaub berücksichtigt, die Feiertage, Unvorhergesehenes in dieser Krisenzeit, den Geiz mancher Unternehmer, einige Ausschweifungen meinerseits – du wirst sehen, ich bin dazu imstande –, komme ich bei diesem Rhythmus immer noch auf fünfzig Millionen im Jahr. Bei diesem Rhythmus bringt nur mein Tod diesen wundersamen Fluß, diesen wirklichen Schatz zum Versiegen. Der Gedanke beflügelt mich, flößt mir Mut und Leidenschaft ein.

Heute morgen fühle ich mich leicht. Hlima kocht Kaffee für mich. Ich danke ihr und frage sie sogar, ob sie etwas braucht. Sie verneint. Ich verlasse das Haus und halte ein Taxi an. Der Fahrer ist Moslembruder. Mit baumelnder Gebetskette, einem kleinen aufgeschlagenen Koran und einer Kassette von Abdessamad, der die Sure von der Kuh herunterleiert. Ich wage nicht, eine Zigarette anzuzünden. Er hat einen finsteren Blick. Von Zeit zu Zeit betrachtet er mich im Rückspiegel. Sein Vollbart ist beängstigend. Auch ich bete zu Gott, daß diese Leute niemals an die Macht kommen mögen. «Sie sind die Kinder der Korruption», sagte mir eines Tages mein ehemaliger Philosophielehrer, den ich von Zeit zu Zeit zufällig im französischen Kulturzentrum treffe. «Das heißt, je korrumpierter die Bürger sind, desto bessere Gründe gibt es für die Existenz und den Kampf der Islamisten.»

Ich eile ins Büro. Mein Tag ist übervoll. Ich weiß, daß heute eine Akte bearbeitet werden muß. Ich reibe mir die Hände. Wieso habe ich mich nicht früher dem leichtverdienten Geld ergeben? Hadj Hamid warnt mich, daß Sabbane mich sucht. Ich sage lachend: «Ich muß ihm wohl sympathisch sein.»

Am Nachmittag kommt er lächelnd mit einem dikken Ordner unter dem Arm in mein Büro. Hadj Hamid schiebt eine Sitzung vor und verschwindet. Wie absonderlich. Was steckt dahinter? Warum bin ich mißtrauisch?

Sabbane teilt mir mit, daß diese Akte nicht von ihm ist. Sie wird von einer amerikanischen Gesellschaft vorgelegt, die mit einer marokkanischen Gruppierung zusammenarbeitet und im Bausektor investieren will. Er ist nur der Mittler.

– Ich tue ein paar Freunden einen Gefallen. Freundschaft ist mir wichtig. Auch Gedächtnis ist wichtig.

Dann erklärt er mir das Vorhaben, betont die Dringlichkeit der Sache und sagt, er komme in zwei Tagen wieder. Sobald er weg ist, suche ich nach dem Umschlag. Es ist keiner da. Das ist merkwürdig. Vielleicht bezahlt er, wenn ich die Unterschrift leiste. Mit Hadj Hamid möchte ich nicht darüber sprechen. Ich sehe mir die Dokumente an. Es sieht alles ordentlich aus. Ich beschließe, einen positiven Bescheid zu geben und sie an den Amtsleiter weiterzuleiten. Der müßte auf dem laufenden sein. Ich gehe zu ihm hoch. Sobald ich die Akte auf seinen Schreibtisch lege, schießt er hoch und zieht lauthals über Sabbane her, den er als Hochstapler bezeichnet.

«Die Sache riecht faul. Warum spielt er den Mittler? Ich rate Ihnen, Ihren Bescheid zurückzuziehen. Es muß eine Falle sein.»

Ich denke, Sabbane hat ihn verhöhnt, indem er direkt zu mir kam. Seine Kommission ist dahin, deshalb zetert er und möchte die Sache zum Scheitern bringen. Ich nehme die Akte wieder an mich und gehe zurück in mein Büro. Mir wird klar, daß es gar nicht so einfach ist, sich außerhalb von Recht und Gesetz zu bewegen. Es gibt auch hier Regeln, geschriebene und ungeschriebene Gesetze, Zeichen und Symbole. Ich bin noch unwissend. Ich bin gerade erst in diesen Sumpf hineingewatet. Was tun? Die Genehmigung verweigern? Die Untersuchung der Akte verzögern? Was dem Mittler sagen, der noch andere Mittel und Wege kennen wird? Und wenn er sich direkt an den Minister wendet? Doch der Minister wird sich nicht mit einer so kleinen Sache abgeben. Er wird sie seinem Kabinettsdirektor anvertrauen, der nicht zögern wird, meinen Amtsleiter zur Ordnung zu rufen. In jedem Fall sind die Fäden so gesponnen, daß alle oder fast alle einbezogen sind. Wie sagte Sabbane noch? Gedächtnis ist wichtig. Ein geleisteter Dienst ist ein Kredit. Er muß eines Tages zurückgezahlt werden.

Am nächsten Tag erscheint Sabbane früh in meinem Büro. Er sagt, er sei in Eile und habe gestern vergessen, mir einen Teil der Akte zu geben. Er reicht mir einen großen gelben Umschlag und verabschiedet sich mit guten Wünschen für den Tag. Darin ist ein kleiner weißer Umschlag. Ich öffne ihn: ein Bündel neue Hundertdollarscheine. Er gibt mir wegen der amerikanischen Geschäftspartner Dollar. Ich zähle schnell nach: viertausend Dollar. Die Scheine riechen noch nach Druckerschwärze, und die Nummern gehören einer Serie an. Ich verstecke den Umschlag und zünde mir eine Zigarette an. Hadj Hamid ist immer noch nicht zurück. Ich habe den Eindruck, es gibt Komplikationen. Vielleicht ist es die Angst, oder ich bin noch nicht daran gewöhnt. Dieses Geld stinkt. Ich muß es loswerden. Ich muß es schnell ausgeben. Das Telefon klingelt. Ich fahre hoch. Der Arzt sagt, ich sei hypersensibel, zart besaitet sozusagen. Alles trifft und verwirrt mich. Najia ist am Telefon. Ich bin überrascht und weiß nichts zu sagen. Sie verabredet sich mit mir für heute abend bei ihr zu Hause, nach dem Abendessen ihrer Tochter. Ich bin zugleich zufrieden und beunruhigt. Ich mag keine Entscheidungen treffen. Wenn man mich dazu zwingt, bekomme ich Angst. Am liebsten schiebe ich den Moment der Entscheidung hinaus. Najia wird mich sicher zu einer Entscheidung auffordern. Ich beginne, mich nach der Zeit zu sehnen, als alles still und ruhig war. Ich lebte im Elend und ohne wesentliche Probleme. Jetzt nehmen die Dinge dramatische Formen an. Alles ist schwerwiegend, ein Telefonanruf, ein Stelldichein, eine Unterschrift, ein Spaziergang entlang der Uferpromenade, ein Blick von Hadj Hamid, eine Geste des Schaouch, die Farbe des Himmels, der Geschmack des Kaffees, der Dollarkurs, der Preis des Geldes, alles nimmt beunruhigende Ausmaße an. Najias Stimme war klar. Sie ist eine Frau, die weiß, was sie will. Auch Hlima weiß, was sie will. Nur die eingesetzte Methode ist anders. Bei ihr herrschen Gehässigkeit, Vergeltung und Habsucht. Ihre Mutter treibt sie an. Dabei erzählt man uns, die marokkanischen Frauen würden unterdrückt, beherrscht und mißhandelt. Einige schon, aber nicht meine Schwiegermutter, ihre Töchter, ihre Nichten oder Kusinen. Doch warum läßt sie sich an mir aus? Armut ist ein Fehler, wie wenn jemand schielend oder bucklig geboren wird. Es ist ein Fehler der Natur, ist man ihr deshalb böse? Selbst wenn ich reich werde, wird sie mich weiterhin angreifen, denn in ihren Augen werde ich ein ehemaliger Armer sein.

Ich gehe früher als sonst aus dem Büro weg. Ich sehe zum Himmel und frage mich, warum ich das tue. Was bringt es, den Kopf zu heben und die Augen vollzusaugen mit seinem Blau? Nichts. Reine Gewohnheitssache. Von nun an darf ich keine Zeit mehr verlieren. Schnell und wirkungsvoll muß man sein. Klar und entschlossen. Ob mit Hlima oder Najia, ich muß in jedem Fall felsenfeste Entschlossenheit beweisen. Wenn ich wenigstens wüßte, wozu ich entschlossen sein soll! Lassen wir die Dinge auf uns zukommen. Warten wir ab. Keine Hektik. Keine übereilte Entscheidung. Nachdenken, analysieren, in Ruhe überlegen, ohne Hast, die Dinge abwägen. Vor allem nichts überstürzen. Ich werde also Najia aufsuchen. Seit einigen Jahren weiß sie, daß sich unsere Wege über kurz oder lang kreuzen werden; deshalb fand sie es ganz natürlich, daß ich bei ihr klingelte und mich ihr anvertraute. Unsere Beziehung muß vor langer Zeit, schweigend und tief im Inneren, angefangen haben. Nun ist es Zeit, Bilanz zu ziehen. Furchtbar! Ich fühle mich entwaffnet, kraftlos. Was soll man einer so schönen Witwe vorschlagen? Warum hat sie mich ausgewählt? Sicher, ich habe ihr dabei ein wenig geholfen. Jetzt muß ich der Realität ins Auge sehen. Was für eine Prüfung!

Najia erwartet mich. Ich gehe zuerst zu Hause vorbei, umarme Karima, esse ein Stück Obst und verabschiede mich. Hlima sagt nichts. Ihr Gesicht ist müde. Ohnmächtig wohnt sie dem Schiffbruch ihrer Ehe bei.

Najia hat die Kleine gerade schlafen gelegt. Sie schlingt die Arme um mich, küßt mich; ich spüre ihren fiebrigen Körper in meinen Armen. Ich will sie. Ihre Hände schieben mich weg. Ich verstehe, es ist nicht der richtige Augenblick. Sie macht den Anfang.

– Ich war ein paar Tage bei meiner Tante in Fes. Ich habe nachgedacht. Ich glaube, ich liebe dich und wäre glücklich, wenn wir heiraten könnten. Meine Mutter hat bestätigt, daß die Geschichte mit dem Stillen ein Scherz ist.

Ich sage nichts. Das war es also. Kein Wunder! Sie nimmt meine Hand und küßt sie. Meine Augen suchen *Das Sein und das Nichts*. Das Buch steht immer noch an seinem Platz. Ich gebe ihr meine Aktentasche und bitte sie, den Umschlag herauszunehmen.

– Das ist amerikanisches Geld! Du bist ja reich!

– Wir sind reich!

– Woher kommt es?

– Eine Kommission.

– Welche Kommission?

– Die, die jeder achtbare Beamte einstreicht, wenn er ein gutes Geschäft abschließt...

– Aber das ist Korruption!

– Nicht ganz. Korruption liegt vor, wenn du Bezahlung für ein Recht forderst. Zum Beispiel hat jeder Bürger das Recht, einen Paß zu bekommen; wenn der zuständige Beamte dir über die festgelegte Steuergebühr hinaus eine nicht abgerechnete Summe abverlangt, dann ist das Korruption.

– Aber das ist ein verschwindend kleiner Unterschied. Dieses Geld ist schmutzig. So habe ich dich nie erlebt, fähig, die Gesellschaft, den Staat, das Volk zu bestehlen.

– Übertreibe nicht. Ich habe niemanden bestohlen und schon gar nicht das Volk. Dieses Geld hat mir eine amerikanische Gesellschaft gegeben. Schließlich ist das sogar in Industrieländern gang und gäbe. Wir andern hier sind nur Amateure.

– Es tut mir leid, aber du enttäuschst mich. Was mich an dir anzog, war gerade deine Unbescholtenheit, deine Würde. Ein sauberer Mann! Das ist so selten. Deshalb wollte ich mit dir leben. Es tut mir leid... ich habe mich geirrt.

Sie weint. Ich schäme mich. Ich hätte lügen sollen. Es ist nicht immer ratsam, die Wahrheit zu sagen.

Wahrhaftig, schlau bin ich nicht. Ich versuche, sie zu beruhigen. Der Schaden ist schon angerichtet. Es ist zu spät. Ich habe verloren, alles verloren. Ich bin verzweifelt und werde nicht auch noch zu weinen anfangen. Da kann man nichts machen. Ich stecke den Umschlag wieder in die Aktentasche, nehme *Das Sein und das Nichts* und bewege mich auf die Tür zu. Wird sie mich zurückhalten? Sie ist eine starke, gute Frau. Sie wird nicht nachgeben. Sie läßt mich gehen. Ich stehe um zehn Uhr abends auf der Straße. Niedergeschlagen, grausam zugrunde gerichtet, sogar das Gehen fällt mir schwer. Wenn ich wenigstens Alkohol vertragen würde, könnte ich mich betrinken und diesen unsäglichen Augenblick vergessen. Ich gehe vor mich hin und denke an mein Unglück und meine Einsamkeit. Ich denke an meine Tochter und an unsere Sause nach Tanger. Ich schäme mich. Ich bin ihrer unwürdig. Ich habe alles verdorben, alles zerbrochen und verstehe nicht, wie mir geschieht. Mit Najia hätte ich mir mein Leben einrichten sollen. Sie hätte mich nie zur Korruption gedrängt. Ich bin ein Opfer meiner Schwäche und meiner Illusionen.

Mir fehlt der Mut, direkt nach Hause zu gehen. Ich werde die frühen Morgenstunden abwarten. Wenn Hlima mich in diesem niedergeschlagenen Zustand sieht, wird sie es ausnutzen.

Unterwegs remple ich eine Frau in einer schwarzen Djellaba an. Ich entschuldige mich. Sie bleibt stehen. Was tut eine so junge Frau um diese Zeit auf der Straße? Ich drehe mich um. Sie kommt auf mich zu und sagt:

– Sie sehen angeschlagen aus. Kommen Sie, ich lade Sie zu einem Tee ein.

Ich folge ihr willenlos. Wenn sie Mitleid mit mir hat, um so schlimmer oder um so besser. Mir ist es schnurzegal, ob sie eine Prostituierte oder eine Diebin ist. Soll sie doch die Dollars nehmen. Dann reiße ich mich zusammen. Nein, dieses Geld gehört mir. Ich habe mehr als zwanzig Jahre gebraucht, um es zu verdienen.

Wir gehen schweigend und schnell. Vor einem baufälligen Gebäude angelangt, sagt sie:

– Achten Sie nicht darauf. Die Leute hier sind schmuddelig. Sie werfen den Müll in die Eingänge. Es sind Leute vom Land, die nicht wissen, wie man in der Stadt lebt. Manche pinkeln sogar an die Wand. Die Treppe ist nicht beleuchtet. Jedesmal wenn wir die Birne wechseln, wird sie von irgendeinem gestohlen. Geben Sie auf Ihre Aktentasche acht. Manchmal verkriechen sich Jungens in der Dunkelheit und entreißen einem die Tasche.

Ich steige kommentarlos die Treppe hoch. Es riecht schlecht. Hinter den Türen hört man die Schreie der ägyptischen Schauspieler aus einer Fernsehserie. Das ägyptische Kino unserer Kindheit war wunderbar. Die Serien, die jetzt im Fernsehen laufen, sind fürchterlich. Das ist der Niedergang. Die Schauspieler brüllen statt zu spielen. Sie beteiligen sich an der kollektiven Hysterie. Übrigens benehmen sich mehr und mehr Marokkaner wie ihre ägyptischen Idole. Es ist wie eine Epidemie, die sich durch Ansteckung ausbreitet. Wenn ich an der Macht wäre, würde ich eine neue Form der Zensur einführen: Mittelmaß verboten! Nein, wenn ich an der Macht wäre, wäre mir nicht einmal bewußt, daß es diese Serien gibt, oder ich wäre hochzufrieden, das Volk mit solchem albernen Gewäsch zu beschäftigen.

Atemlos komme ich im fünften Stock an. Da stelle ich mir die Frage: was tue ich überhaupt hier? Sie öffnet die Tür. Eine Katze schießt heraus und schmiegt sich an ihre Beine. Wer ist sie? Wer hat sie geschickt? Ich höre auf, mir Fragen zu stellen, und sehe mich um. Zwei saubere, gut aufgeräumte Zimmer. An der Wand hängt das Foto des ägyptischen Sängers Mohamed Abdelwahab. Ein Zeichen von gutem Geschmack. Daneben hängt ein Foto von ihr am Arm eines eleganten alten Mannes. Sie erklärt:

– Das ist mein Vater! Er starb wenige Tage nach dieser Aufnahme.

Ich folge ihr in die Küche, wo sie Tee zubereitet. Auf dem Tisch steht ein Radiowecker. Es ist zehn nach elf. Ich schaue auf meine Uhr. Sie geht drei Minuten nach. Als sie ihre Djellaba auszieht, bemerke ich, daß sie jung ist. Sie sagt:

– Sie fragen sich bestimmt, warum ich Sie zu mir nach Hause eingeladen habe. Eine Schnapsidee, eine vernunftwidrige Handlung. Ich habe das noch nie getan. Ich bin Studentin, lebe allein, bin Waise, und abends arbeite ich als Krankenschwester im Krankenhaus. Ich studiere Medizin und schreibe gleichzeitig gern. Wie Sie sehen, mache ich viele verschiedene Dinge. Ich bin neugierig. Ich hatte Angst, alleine nach Hause zu gehen. Da bin ich der Angst zuvorgekommen. Als ich Sie sah, habe ich sofort verstanden, daß Sie genauso einsam sind wie ich und daß Sie mir deshalb nichts Böses antun werden.

– Sie sind liebenswürdig, aber unvorsichtig.

– Ich weiß. Ich verbringe meine Tage auf der Universität, drei Abende die Woche arbeite ich im Krankenhaus, ab und zu brauche ich Tapetenwechsel. Nach dem Tee gehen Sie nach Hause.

– Sie sind bewundernswert.

– Oh, ich bin ich selbst, ich tue mir keinen Zwang an.

– Danke, daß Sie mich angerempelt haben.

– Reiner Zufall. Warum sind Sie so traurig?

– Ich führte ein ruhiges Leben, verheiratet, zwei Kinder, Beamter, und dann bin ich gestrauchelt, habe das Gleichgewicht verloren. Ich habe einen Fehler, einen Irrtum, eine Sünde begangen. Ich glaube, ich bin dabei, die Meinen ins Unglück zu stürzen. Es wäre zu lang zu erklären, und ich will Sie damit nicht langweilen.

Sie erhebt sich. Jetzt ist ihr Gesicht klar ausgeleuchtet. Es hat etwas Seltsames. Es sieht aus, als sei ein Auge tot. Das linke. Ich habe gerade genug Zeit, es zu überprüfen. Das linke Auge reagiert nicht, folgt nicht. Ich bin betreten. Ich glaube, sie hat meine Verwirrung bemerkt.

– Ja, ich sehe nur auf einem Auge. Das andere habe ich als kleines Mädchen verloren. Deshalb habe ich Sie angestoßen. Gut, ich gehe schlafen. Ich schreibe Ihnen eine Telefonnummer auf, unter der Sie mich abends im Krankenhaus erreichen können. Wenn Ihnen danach ist, zu reden oder ein Glas Tee oder Verbena zu trinken, rufen Sie mich an. Ich heiße Nadia.

Ich bedanke mich und gehe. Fast wäre ich die Treppe hinuntergefallen. Ich denke an ihre Offenheit und sage mir, daß die Marokkanerinnen erstaunlich sind. Ich habe alles geglaubt, was sie mir erzählt hat. Eine Mythomanin? Vielleicht. Eine Abenteurerin? Zweifellos. Es ist nach Mitternacht. Ich gehe nach Hause. Morgen werden mir Gott, der Himmel, Najia oder Nadia helfen, Frieden zu finden.

Als ich mich am Morgen rasiere, bemerke ich drei neue Falten unter jedem Auge und einen kleinen weißen Fleck hinter dem Ohr. Bisher veränderte sich mein Gesicht nicht. Es war immer dasselbe, mit natürlich ein wenig Müdigkeit und Trauer. Heute fühle ich, daß ich die Seite gewechselt habe. Doch Hadj Hamids Gesicht strahlt vor Wohlbefinden. Nie werde ich ein Bestochener ohne Falten sein. Ich denke zuviel nach und weiß mir so schlecht zu helfen. Hlima hat mich vorhin gefragt, wo ich die Nacht verbracht habe. Statt ihr ruhig die Wahrheit zu sagen, habe ich ihr mit erhobener Stimme Geschichten erzählt. Sehe ich aus wie jemand, der eine schöne Geliebte unterhält? Nein! Ich sehe aus wie ein armer Tropf, der nicht mehr weiß, wie er sich aus einem Räderwerk herauswinden kann, das ihn zermalmen wird. Ich sehe jetzt schon, wie die Maschine sich in regelmäßigem, sicherem Rhythmus weiterbewegt. Sie kommt näher. Manchmal wird sie von Hadj Hamid bedient, manchmal von Sabbane, manchmal von Nadia, deren Gesichtszüge verschwommen sind. Und was tue ich in dieser ganzen Zeit? Ich lamentiere. Ich verhandle mit dem Spiegel, damit er mir ein anderes Bild zurückwirft, das des ehrlichen Mannes, der ich mein Leben lang war. Doch es ist nichts zu machen. Es gibt kein Pardon. Ich weiß nicht mehr, welcher Tag heute ist. Ist ja auch unwichtig. Ich werde die Dollars loswerden. Wenn ich sie wechsle, werde ich ein wenig den Eindruck haben, sie verdient zu haben. Eine Frage von Illusion und Symbol. Wenn ich sie in Dirham umwandle, werde ich wenigstens den Eindruck haben, dazu beizutragen, daß Devisen in die Staatskasse fließen. Doch wird das ausreichen, um die zweifelhafte Herkunft dieses Geldes zu verwischen?

Ich wähle eine Bank, in der ich noch nie war. In meiner Bank hätte der Kassierer, der mich kennt, etwas geargwöhnt. Die Halle ist groß und kalt. Die Architektur stammt aus der Zeit der Franzosen. Solide. Das ist normal. Eine Bank muß solide sein. Ich habe Angst vor meiner Schüchternheit. Sie könnte mich verraten oder mich zu einem falschen Schritt veranlassen. Der Mann hinter dem Schalter hat ein feistes Gesicht, auf dem ein Schnurrbart wie ein Riegel sitzt. Alle seine Gesten sind fast automatisch. Er zählt Geldscheine mit außerordentlicher Schnelligkeit. Ohne mich auch nur anzusehen, schiebt er mir unter dem Glas ein Formblatt hin. Ich stelle mich an die Seite und lese es aufmerksam. Es ist in Französisch. Ich könnte mich dumm stellen und ein arabisches oder zumindest zweisprachiges Papier verlangen. Doch ich werde mich nicht dumm stellen. Unter anderem wird nach der Ausweisnummer gefragt. Ich trage sie ein. Zum ersten Mal hebt der Mann hinter dem Schalter die Augen, betrachtet mich einige Sekunden lang und fragt dann nach meinem Ausweis. Ich schiebe ihn unter dem Glas durch und warte. Er steht auf, geht nach hinten und kommt dann wieder. Ich beschließe, nur die Hälfte des Geldes zu wechseln. Plötzlich denke ich an meinen Sohn, der sich wünscht, in den USA Englisch zu lernen. Ich könnte ihm diese Reise schenken. Ich werde ihm erzählen, daß ein in Amerika lebender Jugendfreund mir das Geld vorgestreckt hat. Der Kassierer zählt die Dollars genauso schnell, nur daß er den Zeigefinger öfter anfeuchten muß, weil das Papier der Scheine zu neu ist.

– Das sind Dollars, die noch nie im Umlauf waren, bemerkt er.

– Vielleicht, sage ich.

Ich verspüre den Drang, ihm Befehle zu erteilen; er soll aufhören, mich mißtrauisch zu betrachten, er soll aufhören, Bemerkungen zu machen, und er soll sich beeilen und mir den Gegenwert in Dirham geben. Doch ich rühre mich nicht. Ich warte. Bevor er mir eine Nummer für die Kasse gibt, überprüft er meine Adresse und fragt, ob ich eine Telefonnummer im Büro habe. Ich gebe sie ihm. Er schreibt sie auf und läßt sie mich wiederholen. Was für ein Arbeitseifer!

Der Kassierer sieht mich nicht an. Er liest die auszuzahlende Summe, öffnet eine Schublade und nimmt Bündel von Hundert- und Zweihundertdirhamscheinen heraus. Ich zähle nicht nach. Das heißt, ich versuche, gleichzeitig mit ihm zu zählen, aber ich schaffe es nicht. Ich stecke das Geld in die Aktentasche und verlasse pfeifend die Bank.

Uff! Das war riskant. Wo soll ich das Geld verstekken? Sollte ich es nicht Sabbane zurückgeben? Nein, mir ist nicht mehr danach, eine Kehrtwendung zu machen.

Im Büro gibt es nichts Neues. Routine, oder fast. Nur ein Anruf von der Bank zur Überprüfung meiner Nummer. Ich möchte Nadia anrufen. Dazu muß ich bis zum Abend warten. Was Najia betrifft, weiß ich nicht, ob sie mir erlaubt, sie wiederzusehen. Ich werde nach Arbeitsschluß einen Versuch machen. Ich beschließe, die Stimmung zu Hause zu beruhigen. Ich werde Hlima die Hälfte der Summe geben, damit sie sich den Goldgürtel kaufen kann, von dem sie träumt. Alle ihre Schwestern haben einen. Wenn sie mit ihrer ganzen Familie zu einer Hochzeit eingeladen ist, gibt es jedesmal Tränen. Ihrer Meinung nach muß eine verheiratete Frau unbedingt einen Goldgürtel besitzen. Ich weiß nicht, ob das Geld reicht, aber ich werde ihr sagen, daß es ein Vorschuß ist. Ich werde meine Ruhe haben. Ich kann sogar abends ausgehen, Najia oder Nadia wiedersehen, sie wird nichts ahnen. Sie wird mir keine Fragen zur Herkunft des Geldes stellen. Sie weiß, daß die meisten Beamten die Beweglichkeit praktizieren! Ich bin ein beweglicher Mann geworden. Ich bedaure die Stürme der letzten Wochen. Das Leben lächelt mir zu. Hadj Hamid auch. Aber ich mag sein Lächeln nicht. Er ist scheinheilig. Er wird zur Hölle fahren. Wie meine Mutter sagt, «sein Bauch ist unlauter». Sein Bauch, sein Kopf, seine Hände, seine Füße, sein Gang, seine Stimme, sein Blick... alles.

Ich denke wieder an das tote Auge in einem so schönen Gesicht. Es ist eine Ungerechtigkeit. Ich bin sicher, das wird H. H. nie zustoßen. Von nun an nenne ich ihn Ha-Ha. Er wird sich so berühmt vorkommen wie ein amerikanischer Serienheld. In Arabisch ist dieses Ha-Ha mit aspiriertem H einfach lächerlich. H. H. führt ein Doppelleben. Da bin ich mir sicher. Ich glaube sogar, daß seine Frau Bescheid weiß. Er überschüttet sie mit Geschenken und Geld. Sie kauft sich Schmuck. Er hat es mir einmal selbst gesagt. Sie hat zwei Goldgürtel. Für ihn ist das eine Investition, auch wenn der Goldpreis ziemlich stabil ist. Er teilt sich eine Junggesellenbude mit einem Freund, der genauso korrupt ist wie er, einem gewissen Taïbi, der in einem Ministerium für Materialbeschaffung zuständig ist. Die Mädchen gabelt er an den Toren der Gymnasien und manchmal auf dem Universitätsgelände auf. Das Leben lächelt ihnen zu. Die Mädchen gehen ihnen wie Fliegen auf den Leim. Von Zeit zu Zeit organisieren sie eine Orgie. Letztens hat H. H. mich eingeladen. Er sagte: «Es wird Zeit, daß Sie sich der Clique anschließen, jetzt, wo Sie reich sind...» Ich habe nicht geantwortet. Wie macht er das, keine Skrupel zu haben? Warum soll es mir nicht gelingen, glücklich zu sein? Ich stelle mir so viele Fragen. Ich weiß, daß alles seinen Preis hat: ein Augenblick der Verirrung, ein Moment des Glücks, ein Versehen... alles. Ich bezahle. H. H. und seinen Gefährten hingegen gewährt das Leben einen langfristigen, einen sehr langfristigen Kredit. Sie sind nie in Verlegenheit, nie genötigt, Rechenschaft abzulegen.

Abends klingele ich bei Najia. Ihre Mutter kommt an die Tür. Sie bittet mich herein und bietet mir ein Glas Tee an. Najia ist eben zum Krämer gegangen. Ihre Mutter fragt mich nach Hlima und den Kindern. Sie geht in die Küche, läßt mich allein im Wohnzimmer und kommt dann wieder. «Du wirst mit uns zu Abend essen; es ist bescheiden, aber gut.» Ich weiß nicht, was ich antworten soll. Vielleicht möchte Najia nicht, daß ich bleibe. Ich stammle eine Höflichkeitsfloskel und schließe die Augen. Als ich sie wieder aufschlage, steht Najia vor mir. Höflich und sogar entgegenkommend. Sie spricht Französisch mit mir:

– Entschuldige wegen gestern. Ich war zu heftig.

Schließlich ist es dein Leben, du tust damit, was du willst. Ziehe mich nicht in deine Händel hinein. Du wirst immer willkommen sein. Doch ich weigere mich, Schmiergeld anzufassen. Aus Prinzip. Ich diesem Land gibt es noch Personen, die die Prinzipien achten. Es gibt nicht viele, aber sie existieren, und man soll sie nicht beschmutzen. Im übrigen funktioniert das Land teilweise durch sie. Nicht alle Marokkaner sind korrupt.

Natürlich, auch wenn die Korruption einer Epidemie vergleichbar ist, einer «unterirdischen Schattenwirtschaft», wie ein ehemaliger Sozialist sagt, der seine Djellaba nach dem Wind gehängt hat, so sind doch nicht alle Marokkaner infiziert.

Hier ist weder der Zeitpunkt noch der Ort, einen Kommentar abzugeben über diese allgemein verbreitete und anscheinend für einen Teil der Infizierten wohltuende Krankheit.

Najia ist erzürnt. Wenn ich ein wirklich Korrupter wäre, jemand, der dieses Vorgehen ganz natürlich in sein Leben integriert hätte, wäre die einschneidende Veränderung bei mir niemandem aufgefallen. Ich entdecke, oder vielmehr es bestätigt sich, daß ich nicht für diese Art Händel geschaffen bin.

Ich gestehe es Najia, die mir nicht zuhört. Ich habe den Eindruck, zu mir selbst zu sprechen und, was auch immer ich tue, niemals ihr Vertrauen und ihre Achtung wiedergewinnen zu können.

Ich könnte Nadia anrufen. Vielleicht wäre es mit ihr einfacher. Doch ich empfinde keine Gefühle für sie. Ein wenig körperliche Anziehung. Ich erinnere mich an ihre großzügigen Körperformen. Ich denke daran und spüre, wie meine Lust erwacht. Ich weiß nicht mehr, ob meine Lust Najia gilt, die ich vor mir habe, während ich an Nadia denke, oder ob es eine abstrakte gegenstandslose Lust ist, wie wenn ich allein bin und mich streichle.

Najia steckt die Bücher und einige Sachen von mir in eine Plastiktüte und sagt: «Leb wohl!»

Ich gehe, mein Zorn ist nach innen gekehrt, ich bin bereit, mich an Nadias Körper auszulassen. Sie erwartet mich im Morgenrock. Ohne ein Wort zu sagen, umfassen wir einander und bewegen uns auf das Bett zu. Ich schließe die Augen. Ihr ganzer Körper fiebert. Wir ziehen uns aus und küssen uns dabei. Wir sind nackt. Ich vermeide es, ihr totes Auge anzusehen. Ich darf nicht daran denken. Als ich in sie eindringen will, stößt sie mich sanft zurück, erhebt sich und bringt mir ein Kondom. Meine Erektion erschlafft. Ich versuche, das Kondom überzustreifen. Vergebens. Ich bin Geschlechtsverkehr mit einem Kondom nicht gewohnt. Sie zieht einen Bademantel über, raucht eine Zigarette und legt sich neben mich. Sie vervielfältigt und wechselt die Liebkosungen, bis sich mein Penis wieder aufrichtet. Dann zieht sie mir mit sanften festen Fingern das Kondom über.

Am Morgen gehe ich zu Hause vorbei, um mich umzuziehen. Hlima weint. Sie sagt mir, daß gestern abend zwei Männer gekommen sind. Sie ist sicher, daß sie von der Polizei sind.

– Was hast du wieder getan, Unglückseliger? Nicht nur, daß du Frau und Kinder verläßt, dich bei den Huren herumtreibst, du mußt dich auch noch schnappen lassen wie ein Kind! Ich bin sicher, du bist in eine Falle getappt. Das ist die Höhe. Beim ersten Mal, wo du es wagst, ein echter Mann zu sein, wird dir deine angeborene Ungeschicklichkeit zum Verhängnis. Wenn du ins Gefängnis wanderst, brauchst du nicht darauf zu warten, daß ich dir Brot und Oliven bringe. Das kannst du von den Lotterweibern verlangen, bei denen du nachts stöhnst. Hier, diesen Brief haben sie dagelassen. Wahrscheinlich eine Vorladung. Es ist unglaublich, in diesem Land haben alle ihre Finger in korrupten Geschäften, und keiner wird verhaftet. Doch Herr Mourad, Herr Tugendbold, Herr Moralprediger braucht nur eine elende kleine Kommission einzustreichen, und schon rennt uns die Polizei das Haus ein. Man sieht es deinem Gesicht an, daß du nicht ganz sauberes Geld genommen hast. Es steht dir auf der Stirn geschrieben. Welches Elend! Welches Pech!

Ich lasse sie reden. Die beiden Männer können nicht von der Polizei sein. Ihr Brief ist nicht offiziell. Kein Briefkopf des Innenministeriums. Es ist ein weißes Blatt, auf dem steht *Wir kommen wieder!* Sollen sie doch wiederkommen. Ich habe nichts zu befürchten. H. H. hat Dutzende von Millionen gestohlen. Ihn hat man nie behelligt. Unser Chef hat sich gerade ein Gebäude für zwei Milliarden gekauft. Sein Gehalt ermöglicht ihm ganz sicher keine solche Erwerbung. Wenn man gegen die Korruption kämpft, muß man doch mit den dicken Fischen anfangen, mit denen, die sich zusehends bereichern. Alle Welt weiß das. Ihnen passiert nichts. Ihnen jagt man nicht einmal Angst ein. Nichts. Sie leben ruhig, werden nie behelligt. Man wird mich doch nicht wegen der läppischen paar tausend Dirham strafen wollen! Nein. Die beiden Männer müssen Freunde

Freunde von H. H. sein. Es muß sich um eine heikle Angelegenheit handeln. Es ist unvorsichtig, im Büro zu diskutieren. Da haben sie es vorgezogen, mich zu Hause aufzusuchen. Sie haben recht. Ich verstehe sie.

Ich komme im Taxi vor dem Büro an. Der Schaouch sieht mich mitleidig an, als sei ich zum Tode verurteilt. Er ist höflich zu mir. H. H. zieht ein graues Gesicht. Er kommt mit affektiertem Gehabe auf mich zu, als wolle er mir eine schlechte Nachricht übermitteln.

– Gestern am späten Nachmittag sind zwei Männer vorbeigekommen. Ich kenne sie nicht. Sie haben nicht gesagt, wer sie sind. Sie werden heute früh wiederkommen. Ich hoffe, es handelt sich um einen Irrtum. Jedenfalls können Sie auf mich zählen, wenn die Sache einen Haken hat. Doch Achtung, nur keine Denunziation. Wenn Sie verhaftet werden, kann ich mit jemandem an der entsprechenden Stelle reden, der einen Richter kennt, der weiß, was zu tun ist... Wenn nötig, werden einige tausend Dirham die Angelegenheit beilegen. Ich habe mich im übrigen erkundigt. Bestechung eines Staatsbeamten, dafür gibt es bis zu drei Jahre ohne Bewährung. Dazu muß man aber beweisen, daß die Bestechung stattgefunden hat. Zwei Möglichkeiten: eins, Sie gestehen; zwei, man stellt Ihnen eine Falle und ertappt Sie auf frischer Tat. Die zweite Hypothese können wir ausschließen. Bleibt noch die erste. Sie müssen leugnen. Dann ist Ihr Lebensstil ja auch meines Wissens nach nicht der eines reichen Mannes. Also haben Sie nichts zu befürchten. Sie haben ja nicht einmal ein Auto... Sie können beruhigt sein. Ich als Ihr Mitarbeiter und aufrechter Freund – ich hoffe,

Sie sehen mich als Ihren Freund an – kann Ihre außerordentliche Unbescholtenheit bezeugen, Ihren Sinn für Moral, gutgeleistete Arbeit und ganz einfach Ihre Ehrlichkeit.

– Danke für Ihre Unterstützung. Freundschaft ist etwas Kostbares und Seltenes. Ich habe nur einen einzigen Freund; er lebt in Tanger. Doch wenn er erfährt, daß man mich der sogenannten «Beweglichkeit» bezichtigt, wird er mir die Freundschaft aufkündigen. Er ist rein. Für ihn wird das wie Verrat an unserer Verbindung sein. Da Sie sicher sind, daß es sich weder um einen Verdacht noch um eine Anklage handelt, kann ich ruhig schlafen. Ich werde es zumindest versuchen.

H. H. ist in seine Zeitung vertieft. Er verfolgt atemlos die Affäre um den Geheimdienstkommissar, der mehr als fünfhundert Frauen vergewaltigt hat. Er zieht vom Leder und kann seinen Zorn kaum bändigen.

– Zum Tode verurteilt... Das ist alles! Aber er muß bezahlen, leiden, zum Wahnsinn getrieben werden; der Tod ist wie ein endloser Schlaf. Er verdient mehr.

Heute nacht habe ich zum hundertsten Mal den gleichen Traum gehabt: ich befinde mich auf einer ziemlich hoch gelegenen Terrasse. Alle benutzen zum Hinabsteigen die äußere Leiter. Mein Vater, mein Bruder, der Nachbar. Ich bin starr vor Angst. Ich bin sicher, wenn ich mich der Leiter nähere, wird eine unsichtbare Hand sie wegziehen. Deshalb warte ich ab. Der Traum wird von der Nacht gedeckt. Glücklicherweise weckt mich das Bedürfnis zu pinkeln, sonst wäre ich bis zum Morgen in dieser Situation geblieben.

Nicht nur, daß H. H. gut schläft, er hat wahrscheinlich auch nie Alpträume. Er spricht von einem Wochenende in Agadir mit seinen Busenfreunden. Sie spielen dort Karten, dann verbringen sie die Nacht mit schönen Mädchen. Er hat mir Fotos von seiner letzten Reise gezeigt. Er versteckt sie hier im Büro. Seine Frau holt ihn nie ab. Sie ruft auch nicht an. Von Zeit zu Zeit sucht ihn seine älteste Tochter hier auf. Schön wie eine Skulptur. Er hat Angst vor ihr. Wenn sie weggeht, stellt er sich ans Fenster, um zu sehen, ob sie nicht mit einem Mann unterwegs ist. Er will sie verheiraten. Ich necke ihn. «Sie ist noch jung, hat ihr Studium noch nicht beendet.» Wie viele Väter seines Standes kommt er geradewegs zur Sache: «Ich bin für ihre Tugend verantwortlich; ein so schönes Mädchen bringt einen Lastwagen voll Problemen, Sorgen und Unruhe. In diesem Land nutzen die Männer schamlos die Leichtgläubigkeit und Unschuld der jungen Mädchen aus. Sie brauchen nur nach Schulschluß zu den Toren der Gymnasien zu gehen. Da gibt es mehr Mercedesfahrzeuge als Schüler. Und eine Menge Mädchen steigen ein! Das ist das Unglück. Sie steigen zu Männern, die ihre Väter sein könnten... Das lasse ich nicht zu. Ich weiß, daß meine Tochter sehr ernsthaft ist, aber ich kenne ihre Freundinnen nicht. Daher meine Ängste!...»

Er ist aufgewühlt. Doch merkwürdigerweise sieht er sich nicht als «schamloser Ausnutzer der Leichtgläubigkeit und Unschuld» anderer junger Mädchen!

Ich beruhige ihn, wiederhole ihm, daß, wie er selbst sagt, seine Tochter wirklich ernsthaft ist. In Wirklichkeit glaube ich nicht an das, was ich sage. Die Art, wie sie mich ansah, als ihr Vater uns den Rücken zuwandte, sagt viel aus über ihre angebliche Unbefangenheit. Wahrscheinlich wickelt sie ihn um den kleinen Finger. Ich bin sicher, sie hat mehr als einen Liebhaber, und sie spielt Papas kleinen Liebling. Am Ende wird sie einen reichen schönen jungen Mann heiraten. Wie in den Liebesromanen. Ich habe auch einen Lore-Roman aus ihrer Tasche herausragen sehen. Sie ist ein typisches luxus- und komfortsüchtiges Lieschen Müller. H. H. hat recht, wenn er sich Fragen stellt. Ich gestehe, das Ganze mißfällt mir nicht. Jedem seine Sorgen. Im Augenblick häufen sich meine stapelweise. Darüber hinaus weiß ich nicht, was die beiden Männer, die mich suchen, von mir wollen. Wenn sie von der Polizei wären, hätten sie eine Vorladung dagelassen. Auf einem blauen Blatt. Ich habe vor langer Zeit schon eine bekommen, als der Wohnungsbesitzer uns ausweisen wollte. Ich zahlte meine Miete ganz normal, aber er behauptete das Gegenteil. Ich bezahlte ihn in bar, und er gab mir keine Quittung. Durch diese Geschichte habe ich die Bösartigkeit der Menschen entdeckt. Ich vertraute ihm, während er seinen großen Schlag vorbereitete. Er hatte einen Richter bestochen, damit seine Akte bevorzugt behandelt wurde. Der Richter hat die Anordnung an die Polizei weitergegeben, die mich vorlud. Glücklicherweise konnte ich ein Dutzend Zeugen vorbringen, und das Verfahren wurde eingestellt. Seither zahle ich mit Scheck, und er gibt mir eine Quittung.

Also ist es nicht die Polizei. Oder sollte es jene berühmte Antikorruptionsbrigade sein, die vom den König vertretenden Staatsanwalt eingerichtet wurde und ihren Dienst bisher nicht angetreten hat. Bei meinem Glück wird diese Brigade, wenn sie je die Arbeit aufnehmen sollte, sicherlich mit mir anfangen.

Ich denke an Karima, an ihre Zukunft. Im Augenblick bereitet sie mir keinerlei Sorgen. Eher bin ich es, der ihr Sorgen macht. Meine häufige Abwesenheit, meine Krisen und vor allem diese Umwälzungen, die ich nicht im Griff habe, das alles muß sie beunruhigen, doch sie sagt nichts. Versprochen, heute abend gehe ich direkt nach Hause und verbringe etwas Zeit mit ihr.

Der Amtsleiter bittet uns zu einer Sitzung. H. H. zerrt an seiner Krawatte, kämmt sich, nimmt seine Aktentasche und sagt zu mir:

– Nach Ihnen, Chef!

Ich gehe vor, da nähert er sich und sagt mir ins Ohr:

– Ich verdächtige den Amtsleiter, hinter meiner Tochter her zu sein. Eines Tages habe ich seinen Mercedes vor ihrem Gymnasium gesehen. Er ist ein Don Juan, dessen Devise «unter zwanzig» heißt.

Wir kommen zum Amtsleiter. H. H. begrüßt ihn sehr hochachtungsvoll. Wir sind die ersten; er erkundigt sich nach unseren Kindern, H. H. wirft mir einen verschwörerischen Blick zu. Der Amtsleiter fragt nach dem Alter meiner Tochter:

– Dreizehn, Herr Amtsleiter.

– Gott segne und schütze sie vor dem Übel... Wir leben in einer Zeit des Niedergangs der Moral. Es ist besser, wenn man nur Söhne hat. Ich möchte heute nicht an der Stelle eines Vaters sein, der Töchter zwischen sechzehn und zwanzig Jahren hat. Alle meine

Töchter sind verheiratet. Ich bin Großvater und brauche mich nicht mehr um ihre Tugend zu sorgen. Das ist jetzt das Problem ihrer Ehemänner.

Eine normale Sitzung. Nichts Besonderes. Routinesache. Der Amtsleiter geht die uns vorgelegten Vorhaben der Reihe nach durch, untersucht die Ausschreibungsaufrufe und hält uns dann wie üblich eine kleine Moralpredigt. Unterdessen drifte ich ab. Mit einem Ohr höre ich auf das, was er sagt, dann gebe ich mich einer schönen Träumerei hin. Diesmal bin ich gar nicht weit weg. Ich bin bei meiner Tochter im Gymnasium. Ich setze mich zu ihr in die Bank und beobachte sie. Sie ist lebhaft, klug und aufmerksam. Sie will alles wissen. Ich finde sie in der Klasse aufgeschlossener als zu Hause. Ich sage mir, alle Eltern müßten ihre Kinder beobachten können, ohne gesehen zu werden. Vielleicht will mich meine Einbildungskraft aufmuntern. Warum auch nicht? Ach, wenn ich mich nur wie ein Spatz auf einem Ast niederlassen könnte und mir Najia in ihrer Schule oder zu Hause in ihrer Privatsphäre ansehen könnte! Ich weiß nicht einmal, ob ich für sie Liebe empfinde oder einfach eine körperliche Anziehung in einer schwierigen Phase meines Lebens. Ich sehe mich nicht mit ihr als Paar zusammenleben. Merkwürdigerweise war ich nie auf diese Art Leben vorbereitet. Meine Ehe beruht eher auf einer Konvention als auf einer Liebesheirat. Ich liebte Hlima, doch sobald ich ihre Mutter kennenlernte, wußte ich, daß sie sich in unser Leben einmischen und diese Liebe verderben würde. Zwischen ihrem Mann und ihrer Großfamilie hat Hlima sich stets für den Clan ihrer Mutter entschieden. Nach und nach ist das Liebesgefühl erloschen. Zwischen uns bestand nur noch ein kleiner, von Gewohnheiten und Trauer umhüllter Haß. Heute beschäftigt mich allein die Zukunft meiner Kinder. Mein Leben ist so gut wie zu Ende. Ich habe keinen Mut mehr zu kämpfen. Vielleicht hätte ich Najia in einer wirklichen Auseinandersetzung entgegentreten sollen. Ich habe sofort abgedankt. Ich habe mich nicht verteidigt. Zugegeben, ich bin nicht sehr überzeugt von meinen neuesten Taten. Auch nicht stolz darauf. Ich habe dem Druck nachgegeben und weiß jetzt nicht, wie ich handeln oder mich benehmen soll. Ich denke wieder an die zwei Männer, die mich suchen. Ich werde nicht ertragen, daß sie mich anfassen. Ich weiß doch, daß man oft, sobald man die Schwelle des Kommissariats überschreitet, keine Rechte mehr hat. Es gibt Gesetze. Sie bleiben Theorie. Die geistige Verfassung der Polizei hat sich nicht verändert. Zuerst mißhandelt man dich, dann bringt man dich zum Reden. Das ist das gängige Vorgehen. Ich spreche von kleinen Vergehen, nicht von politischen Fällen. Die verschiedenen Menschenrechtsorganisationen haben die Haftzeit ohne Anklage auf achtundvierzig Stunden herunterdrücken können. Doch wann werden sie Veränderungen in den Köpfen der Leute erreichen?

Plötzlich stelle ich mir die Frage: Ist Korruption ein Zivilvergehen oder ein politisches Delikt? Ist es politisch, wenn man eine Kommission einstreicht für das Vorziehen einer Akte vor einer anderen? Das hängt von der Art der Akte ab.

Ich fange an, mich zu ängstigen. Ich spüre, wie sich etwas in meinem Magen verknotet und mein Blut abwechselnd schnell und zu langsam zirkuliert. Mir steht der Schweiß auf der Stirn. Ich wische ihn ab. Der Amtsleiter beobachtet mich und fragt dann, ob mir etwas fehlt. Ich versichere ihm, alles sei in Ordnung. Es ist heiß. Es ist immer heiß, wenn man Angst hat. Ich war noch nie sehr mutig. Das ist wegen meines Vaters, der uns sagte: «Wer Angst hat, ist gerettet!» Dann zitierte er den Ausspruch des Propheten: «Das Beste liegt in der Mitte.» Er mochte keine Extreme. Er wußte, daß man im Leben nichts geschenkt bekommt. Deshalb hielt er sich ruhig. In Wahrheit war er aus Mangel an Kühnheit und Mut ehrlich. Ich bin ihm ähnlich, denn bis jetzt habe ich teilweise keine Kommission angenommen, weil ich befürchtete, auf frischer Tat ertappt zu werden. Dann trifft man eine Übereinkunft mit seinem Gewissen und tut so, als sei diese Unbescholtenheit ein Teil von einem; man schiebt Prinzipien, Gesetze und Anforderungen vor.

Als wir zurück in unserem Büro sind, bringt uns der Schaouch Tee. Beim Trinken verschlucke ich mich und ersticke fast. Das ist ein Zeichen großer Nervosität. Ich fühle mich nicht wohl. Ich beneide alle, die stehlen, lügen, Verrat üben und sich dabei bester Gesundheit erfreuen. H. H. rät mir, mich krank schreiben zu lassen. Ich werde doch wohl nicht zum Arzt gehen, um mir die Krankheit der Angst und des schlechten Gewissens bescheinigen zu lassen! Oder soll ich einen Psychiater aufsuchen? Der wird mir zuhören und mich sogar behandeln. Ich packe meine Sachen und beschließe, zum Arzt zu gehen, zu einem Freund von H. H. Sie spielen zusammen Karten, und der Arzt kennt wahrscheinlich dieses Angstsyndrom, «das Syndrom des Neukorrumpierten». Ich denke, ich muß da durch. Schluß damit, mir weh zu tun, mich selbst zu verachten und mir Katastrophen auszumalen.

Der Arzt hat mir gesagt, ich sei hypersensibel und schüchtern. Er hat mir ein Beruhigungsmittel gegeben, ich schlafe besser, fühle mich aber morgens müde. Was die Schüchternheit betrifft, so tobt sie sich schon lange an mir aus, bis hin zu dem Punkt, wo sie mich noch kleiner werden läßt, als ich ohnehin schon bin. Sie erdrückt und erniedrigt mich. Ich fühle mich von dieser Heimsuchung verfolgt. In der Schule errötete ich, sobald mich die Lehrerin auch nur ansah. Bis zu meinem zwanzigsten Lebensjahr vermied ich es, Leuten die Hand zu geben, da meine so entsetzlich feucht war. Als mein Ältester geboren wurde, gewann ich etwas Selbstsicherheit und besiegte einen kleinen Teil dieser Krankheit. In Krisenzeiten verschärft sie sich grausam.

Was soll ich anziehen, wenn mich die Polizei vorlädt? Ich besitze zwei Anzüge und fünf Hemden. Wenn ich den dunkelblauen Anzug anziehe, wird man sagen, ich versuche, die armen Polizeibeamten zu verspotten. Wenn ich nachlässig gekleidet bin, heißt es, ich habe das bewußt gemacht, um wie ein kleiner Beamter zu wirken, der sich mit seinem armseligen Gehalt begnügt.

Der Schein ist wichtig. Bei uns machen Kleider Koranlehrer! Nun, nicht immer. Hier mag man weder das Natürliche noch das Einfache. Nur auf dem Land findet man Leute, die noch den einfachen Dingen des Lebens verhaftet sind. Sie sind entgegenkommend und großzügig, selbst wenn sie arm sind. In der Stadt sind die

Leute je berechnender, desto reicher sie sind. Meine Schwiegermutter hat Taschenrechner in den Augen.

Merkwürdig, der weiße Fleck hinter dem Ohr hat sich vergrößert. Ich betaste ihn. Ich spüre nichts. Was ist mit dem anderen Ohr? Ein weißer Punkt macht sich bemerkbar. Das ist die Leber. Ich habe in einer Frauenzeitschrift gelesen, daß diese Art Flecken eine Überlastung der Leber anzeigen. Woher soll meine Leber krank sein? Ich trinke fast keinen Alkohol, ich mag keine Schokolade, ich gebe sehr acht. Doch das heißt nichts. Leute, die achtgeben, ziehen die Probleme an. Die Sorglosen erfreuen sich oft bester Gesundheit. Ihnen passiert nichts. Die Probleme gehen ihnen aus dem Weg. Sie finden bei ihnen nicht genug Unbehagen vor und können sich nicht entwickeln.

Ich muß einen Leberspezialisten aufsuchen. Selbst dafür braucht man eine Empfehlung. Wenn ich nur daran denke, spüre ich einen Schmerz auf der rechten Seite, genau in Höhe der Leber. Nein, ich bin nicht krank. Es ist die Beklommenheit. Davon bekommt man Pickel. Ich habe immer mehr weiße Flecken auf der Haut. Dieser Ausschlag kommt vom Schmiergeld. Ich werde zum Albino. Die Polizei braucht mich nicht einmal mehr zu verhören. Es reicht, wenn sie mich ausziehen, und sie werden feststellen, daß mein Blut allergisch ist gegen Korruption. Es ist nicht sehr logisch. Wenn dem so wäre, gäbe es hier so viele Albinos, daß das Land den Namen und sogar den Kontinent wechseln müßte! Ich beobachte die Leute auf der Straße. Ich bin auf der Suche nach einem Opfer meiner Art. Ich möchte am liebsten H. H. bitten, sein Hemd auszuziehen. Normalerweise müßte seine Haut übersät sein mit diesen Flecken. Vielleicht schminkt er sich ja. Trägt er eine Maske? Pudert er sein Gesicht? Ich wage es nicht, ganz nah an ihn heranzutreten, um ihn zu untersuchen. Ich erzähle ihm von diesem Problem. Ohne die Augen von der Sportseite seiner Zeitung zu heben, sagt er mir, das sei normal am Anfang, und der Körper gewöhne sich dann daran. «Das machen wir alle durch. Es ist normal. Unser Leben verändert sich. Wir wechseln von einem Zustand zum anderen. Dabei ergeben sich notwendigerweise Störungen. Das Blut zirkuliert nicht mehr mit der gleichen Geschwindigkeit. Nur keine Aufregung. Sie werden sehen, das vergeht mit der Zeit. Trinken Sie vorerst keinen Champagner und essen Sie keinen Hummer!» Er hält mich wirklich für einen Idioten. Es macht mir nichts aus, auf Hummer zu verzichten, denn ich habe noch nie welchen gegessen. Wie soll mir das fehlen? Selbst das Trinken. Ein kleines Glas französischen Wein von Zeit zu Zeit oder ein kleiner Whisky mit Eis. Ich hatte schon Angst, er würde mir das Rauchen verbieten. Das ist mein einziger Luxus: meine Lungen mit Nikotin und Teer vollzupumpen. Eine meiner Persönlichkeitsseiten: der umsichtige, schicksalsergebene Selbstzerstörer. Allerdings sollte ich auf die so sanften, netten Bitten Karimas hin damit aufhören, mich zu vergiften. Sie hat es mir bedeutet, als sie mir ins Ohr flüsterte: «Dies ist unser Geheimnis. Wenn du mich liebst, gib das Rauchen auf. Es tut mir weh, wenn ich dich am Morgen husten höre. Du willst doch nicht, daß es deiner Tochter weh tut, oder?»

Das Schweigen und die scheinbare Gleichgültigkeit Hlimas beunruhigen mich. Ich dachte, aus unserer

Liebe würde mit der Zeit Freundschaft werden. Leider ist sie langsam erloschen, hat sich zerschlissen und dem Groll Platz gemacht. Wegen der Kinder habe ich vieles zugelassen. Doch es hat keinen Sinn mehr zusammenzubleiben.

Es tut meiner Tochter weh, wenn ich huste. Wie wird sie reagieren, wenn man mich morgen ins Gefängnis wirft? Und warum sollte ich ins Gefängnis? Was habe ich mehr getan als die anderen? Ich habe kaum mit dem Übertreten der Gesetze begonnen, und schon sehe ich mich zwischen vier feuchten Mauern eingekerkert. Ich habe zuviel Einbildungskraft. Ich hätte zum Film gehen sollen. Ich hätte einen guten Drehbuchbearbeiter abgegeben. Zur Zeit ist nur mein Leben Opfer meiner überschäumenden Einbildungskraft. Ich war den Ereignissen schon immer voraus. Nicht daß ich hellsehen könnte, doch, wie mein Vater sagte, sehe ich die Folgen der Ereignisse schon, bevor sie eintreffen. Das nennt man Besorgnis.

Wieso habe ich die Ablösung meines Zahnfleischs nicht vorausgesehen? Dabei blutet es schon lange. Ich hätte vorausschauender sein müssen. Ich sehe noch gut. Wenn sich morgen meine Netzhaut ablöst, wird das ein Unfall sein. Was kann ich bezüglich der weißen Flecken voraussehen? Es ist wahrscheinlich psychisch, es kann nicht körperlich sein. Ich bin nicht krank. Obwohl... Ich fühle mich nicht sehr wohl. Ich muß das Denken aufgeben. Das ist der einzige Weg. Ich habe eine Allergie gegen Papier entwickelt. Vielleicht verursacht ja das Papier die weißen Flecken.

H. H. betritt wütend das Büro.

Eine Prüfergruppe hat sich für den Nachmittag angekündigt. Er ist beunruhigt, weil er keinen von ihnen kennt. Man kann nie wissen. Selbst wenn sie bestechlich sind, muß man die Formen wahren. Man kann nicht alles sagen. Wovor kann er Angst haben? Die eingestrichenen Kommissionen hinterlassen keine Spuren. Ein Umschlag ist im Umlauf. Das ist alles. Keine Zeugen. Nichts Schriftliches. Nichts. Das ist unangreifbar. Deswegen spricht man von flüssigem Geld. Es zirkuliert und läuft um. Die Scheine wandern von einer Tasche in die andere. Man hat noch keine Maschine erfunden, die die Herkunft des Geldes feststellen kann. Stellen Sie sich einen Hundertdirhamschein vor, der von einer solchen Maschine durchstrahlt wird, und die Namen aller Personen, die je mit ihm in Berührung gekommen sind, werden aufgelistet... Doch was will man damit schon beweisen? Im Prinzip müßte die Maschine noch leistungsstärker sein. Doch es hat sie noch keiner erfunden. Selbst wenn es sie gäbe, würde die Mafia sie zerstören.

H. H. ist beunruhigt, ich jedoch nicht. Normalerweise ist es genau umgekehrt. Sagen wir einfach, bei mir ist alles in Ordnung, ich habe mir nichts vorzuwerfen. Ach, vielleicht geht es ihnen um die alte Schreibmaschine, die keiner mehr benutzte. Als sie durch eine elektrische Maschine ersetzt wurde, habe ich sie mir ausgeliehen und für ein paar Tage mit nach Hause genommen. Mein Sohn mußte eine Hausarbeit vorlegen. Er hat sie auf dieser Maschine getippt. Ich gebe zu, seither steht sie bei mir zu Hause. Von Zeit zu Zeit benutzt Karima sie. Sie hat sich das Tippen alleine beigebracht. Wenn sie die alte Maschine suchen, bringe ich sie zurück. Ich werde sagen, ich hätte sie nur für ein paar Tage ausgeliehen. Das ist alles, was fehlt. Die Akten sind geordnet. Das Büro ist sauber. Unsere Sekretärin ist immer noch krank geschrieben. Es gibt keinen Grund zur Beunruhigung. Doch H. H. hat es sich angewöhnt, eine «Übereinkunft» vorzuschlagen, bevor ihn überhaupt jemand etwas gefragt hat. Viele Leute sind wie er. Sie versuchen zuallererst herauszufinden, wem sie den kleinen oder großen Umschlag zustecken sollen, auch wenn sie streng oder einfach genommen im Recht sind. Wie soll man gegen eine solche Pest angehen oder sich ihr auch nur entziehen?

Der Schaouch tritt als erster ein. Er sagt: «Die Herren von der Kommission.» Es sind drei. Sie tragen alle drei einen Schnurrbart, wahrscheinlich ihrem Helden Saddam zu Ehren. Bevor ich auch nur ein Wort von ihnen gehört habe, verdächtige ich sie, Saddam unterstützt zu haben. Wenn wir Zeit hätten, würde ich ihnen gerne von dem kleinen, von Saddams Armee mit Giftgas bombardierten Dorf Halabja erzählen. Doch es ist nicht der Augenblick, über Politik zu diskutieren. Außerdem sollte ich ihnen keine Gelegenheit geben, mir Ärger zu bereiten. Der Verantwortliche ist ein kleiner Dicker im grauen Anzug, mit dunkelblauem Pullover, sandfarbenem Hemd und blau-rot gestreifter Krawatte. Er hat eine Glatze, die paar überlebenden Haare kleben an seinem Kopf. Es sieht aus wie festgekleistert. Die beiden anderen sehen beliebig aus. Keine besonderen Merkmale. Der Größere, am schlechtesten Angezogene hat abgebissene Fingernägel. Einmal überrasche ich ihn dabei, wie er mit dem Finger in der Nase bohrt. Er zieht ihn schnell heraus und schaut in eine andere Richtung. Leute, die sich in der Nase oder den Ohren popeln, mögen nicht dabei erwischt werden. Das ist normal. Sie wissen, daß es widerlich ist. Ich habe es nicht bewußt getan. Ich hoffe, er sinnt nicht auf Rache. Leute mit schmutzigen kleinen Schrullen sind auch moralisch nicht immer sauber. Ich sehe, daß er sich die Nase schneuzt. Wie um das von vorhin zu rechtfertigen. Ich pfeife darauf. Doch er muß denken, ich sei so triefnasig wie er. Er geht zum Schreibtisch der Sekretärin und gibt zu bedenken, daß da viel Durchschlagpapier liegt. Ich antworte:

– Wir sparen und kaufen keine Schreibmaschinenbänder mehr. Das ist zu teuer. Die Maschine tippt direkt auf das Durchschlagpapier, und zudem sparen wir das Geld für Fotokopien!

– Das sind ja wirklich Sparmaßnahmen wie bei Tante Emma, antwortet er.

Sie setzen sich um H. H.s Schreibtisch. Jeder nimmt sich einen Packen Akten und blättert sie durch. Von Zeit zu Zeit hält einer von ihnen inne, murmelt etwas ins Ohr des Verantwortlichen und macht dann weiter. H. H. und ich sehen uns an. Er ist stärker beunruhigt als ich. Plötzlich erhebt sich der Verantwortliche und sucht etwas. H. H. fragt, ob er ihm helfen könne. Er verneint kopfschüttelnd und kommt auf mich zu.

– Es fehlt Material. Ich sehe in der Bestandsaufnahmeliste: ein Kleiderständer aus Holz; ein elektrischer Rechner mit Papierrollen; eine mechanische Schreibmaschine Marke Olivetti... Das alles ist verschwunden.

Ich erkläre ihm, daß die Maschine ersetzt worden ist.

– Und die alte? Haben Sie die verkauft?

– Nein, mein Herr. Die alte ist rostig, ich habe sie zur Reparatur nach Hause mitgenommen. Ich bin Bastler. Den Kleiderständer haben wir in den Flur getan. Hier nahm es zuviel Platz weg.

– Und der Rechner?

– Der ist da, in der rechten Schreibtischschublade von Hadj Hamid. Wir benutzen ihn kaum. Ich habe aus eigener Tasche einen japanischen Taschenrechner bezahlt. Den benutze ich.

H. H. lächelt. Vielleicht haben sie nichts gefunden.

Zur Mittagszeit sehen sie sich an und fragen uns nach einem guten Restaurant. H. H. versichert ihnen, daß es nicht in Frage käme, ins Restaurant zu gehen. Er lädt uns nach Hause zum Essen ein. Ich hätte es nie gewagt, sie mit nach Hause zu nehmen. Das ist eine kleinere Form der Korruption. Sie willigen ein, ohne sich lang bitten zu lassen. Man könnte meinen, sie hätten es erwartet.

Wir steigen in H. H.s Mercedes. Der Verantwortliche fragt mich, welches Auto ich fahre. Ich überlege kurz. Ist das eine Falle? Wenn ich lüge und zum Beispiel sage, einen Renault 25, könnte er davon ausgehen, daß ich es mir im Öffentlichen Dienst gutgehen lasse. Wenn ich ihm die Wahrheit sage, wird er mich verachten wie meine Schwiegermutter. Ich wähle den Mittelweg: Mein Wagen ist im Hafen und muß noch durch den Zoll.

H. H.s Villa sieht ihm ähnlich: innen von schlechtem Geschmack, außen mit den Merkmalen des Neureichen. Im Fernsehen läuft ein Fußballspiel. Wir essen unter den Buhrufen der Zuschauer. Der Verantwortliche und seine zwei Untergebenen mögen Fußball. H. H. tut begeistert. Nur ich äußere Vorbehalte gegen diesen Sport. Ich bin im Unrecht. Mir ist es noch nie gelungen, mich für sportliche Veranstaltungen zu begeistern. Ich mag keine Massenaufläufe. Ich befürchte immer, von in Panik geratenen Leuten zu Tode getrampelt zu werden. Diese Angst hat mir mein Vater übertragen, als ich ein kleines Kind war. Er hatte Angst vor den Demonstrationen in den Gassen der Medina in Fes. Selbstverständlich war er ein guter Patriot, doch er hinderte seine Kinder daran, mitzudemonstrieren. Er hatte recht. Der Sohn unseres Nachbarn wurde im Gerberviertel zu Tode erdrückt. Ein Märtyrer für die Unabhängigkeit des Landes!

Ich sage mir: zum Glück läuft das Fußballspiel. Da brauchen wir kein Gesprächsthema zu suchen. Werden sie mit zurück ins Büro kommen, oder sehen sie die Inspektion als abgeschlossen an? H. H. spricht zu ihnen, als sei es vorbei. Er hat recht. Er kennt die Verwaltungsmechanismen besser als ich. Ich bin sein Vorgesetzter, doch er ist es, der das Steuer in der Hand hat. Das sagt mir meine Frau. Ich hasse es, Befehle geben zu müssen. Meine Stellung habe ich nur wegen all meiner Diplome. Er ist stolz darauf, keine Universitätsstudien gemacht zu haben.

Die Kommission kommt mit uns zurück ins Büro. Die drei Männer packen ihre Sachen ein und schütteln uns die Hände. H. H. begleitet sie zur Tür. Er fischt drei Flaschen Chivas aus seiner Schublade und packt sie einzeln in Plastiktüten. Er kommt breit lächelnd zurück. Wir sind alle beide erleichtert.

– Die Kerle sind in Ordnung! sagt er zu mir.

– Wir auch.

Der Schaouch kündigt weiteren Besuch an. Wir sehen uns an. Eine schöne dunkelhaarige Frau betritt das Büro. Sie geht zu H. H. und überreicht ihm einen Brief. Er sagt:

– Der da ist der Boß.

Selbst diese Fremde denkt automatisch, er sei der Chef. Ich habe kein Direktorengesicht. Ich vermeide es, sie wie manche andere mit Blicken auszuziehen. Ich lese ihren Brief. Sie wird mir von einem Unterstaatssekretär empfohlen, von dem ich noch nie gehört habe. Sie heißt Doukkali. Das paßt gar nicht zu ihr. H. H. fragt sie, ob sie mit dem Sänger Doukkali verwandt sei.

– Ich habe nichts mit dem zu tun, murmelt sie.

Sie ist groß, sehr ordentlich gekleidet, wenig geschminkt und sicherlich effizient. Ich frage sie, warum sie ihre vorige Stelle aufgegeben hat. Sie antwortet in trockenem, deutlichem Ton:

– Der Chef wollte mit mir schlafen... Entweder das oder die Tür. Ich habe ihn wegen sexueller Belästigung angezeigt.

H. H. pfeift vor Verwunderung.

– Sie glauben wohl, wir sind hier in Schweden?

– Nein, ich weiß, wo ich bin und was ich tue. Marokko verändert sich. Sie werden sehen, ich hoffe, Sie kommen zum Prozeß... als reine Beobachter natürlich, vielleicht als Zeugen.

Auch das Büro verändert sich. Vorher hatten wir Lalla Khadija als Sekretärin, eine Mitfünfzigerin, kompetent, aber von der alten Schule; ihr Französisch war mit arabischen Worten gespickt. Sie sprach viel von ihren Problemen zu Hause. Alle kannten die Farbe der Samtbezüge in ihrem Wohnzimmer. Sie verbrachte viel Zeit am Telefon. Wir bekamen Klagen und führten einen Signalton ein, der ein hereinkommendes Gespräch ankündigte. Mit Frau Doukkali gehen wir über zur neuen Generation. Sie wird unsere alte Sekretärin während ihrer Krankheit ersetzen.

Ich beobachte sie unauffällig. Sie hat einen schönen Körper. Keine Vertraulichkeiten. Keine geteilten Geheimnisse. H. H. ist unzufrieden. Er glaubt, ihre Anwesenheit werde uns früher oder später stören. Abends steigt sie in einen Fiat 127, der von einem jungen Mann gefahren wird, ihr Bruder oder Verlobter.

Ich klingele bei Najia. Erneut öffnet mir ihre Mutter und begrüßt mich herzlich. Sie bittet mich hinein und bietet mir wie gewöhnlich Tee und Kuchen an. Es riecht nach Suppe, und ich bitte um einen Teller Harira. Sie ist entzückt, daß ich ihre Kochkunst würdige. Najia muß jeden Augenblick kommen. Sie ist beim Kinderarzt. Als sie mit ihrer Tochter nach Hause kommt, schenkt sie mir ein strahlendes Lächeln und bedankt sich für den Besuch. Ich weiß nicht, ob sie es ernst meint. Ich warte darauf, mit ihr allein zu sein, um mich dessen zu vergewissern. Nach dem Essen nehme ich ihre Hand und bitte sie, mich zu heiraten. Sie zieht ihre Hand zurück und schließt dann die Augen. Ich streife ihre Lippen und spüre eine Sanftheit, die mich in meine Kindheit zurückversetzt. Ich denke, eine Beziehung zu ihr ist möglich unter der Bedingung, daß ich Schluß mache mit dem, womit ich soeben erst begonnen habe, nämlich mit den kleinen Übereinkünften. Ich verspreche es ihr. Doch wie soll ich das tun? Ablehnen, die Situation umkehren und denjenigen, der einen Bestechungsversuch unternimmt, verfolgen? Das gäbe einen Skandal. Ich müßte kämpfen. Das Kämpfen bekommt mir nicht. Jedenfalls ist mein Entschluß gefaßt. Ich werde nicht nur keine Kommission mehr einstreichen, sondern auch das bereits angenommene Geld zurückgeben.

Merkwürdigerweise beunruhigt mein Mangel an Ehrlichkeit Najia mehr als mein Ehezwist. Sie weiß, daß es mit Hlima zu Ende ist. Die Zeit, die Gewohnheit und die Erschöpfung haben alles verbraucht. Ich habe keine Geduld mehr. Ich muß meiner Frau und meinen Kindern nur drei Viertel meines Gehalts abgeben, damit sie anständig leben können. Wird Najias Gehalt für unser Auskommen reichen? Ich wage nicht, sie danach zu fragen. Sie ist es, die ihren Rechner aus der Aktenmappe nimmt und anfängt zu rechnen.

– Das Haus gehört mir. Wir müssen nur Wasser und Strom bezahlen. Ich verdiene 4852 Dirham im Monat. Ich bekomme 1202 Dirham von der Bank: ein Teil der Unfallentschädigung meines Mannes. Der Rest geht auf ein Konto auf den Namen meiner Tochter. Meine Mutter vermietet ein Haus in der Medina an eine Familie. Alle drei Monate droht der Rechtsanwalt mit einem Prozeß, damit die Leute zahlen. Das macht 1000 Dirham im Monat minus die Anwaltskosten. Kurz und gut, ich kann mit etwa 7000 Dirham gut leben. Wenn du einen Teil deines Gehalts beiträgst, kommen wir auf 10000 Dirham. Mit einer Million Centimes im Monat werden wir fast zu Großbürgern. Doch keine Sorge, das werden wir nie sein. Wenn du heiraten willst, mußt du dich zuerst scheiden lassen. Denk daran, das Gesetz gibt dir nicht nur die Möglichkeit, eine zweite Frau zu nehmen, du kannst die erste auch verstoßen. Doch du bist ein zivilisierter Mensch und wirst die Dinge ordentlich abwickeln, ohne ungerecht oder grob zu werden. Ich gebe dir einen guten Monat, um diese Probleme zu lösen. Du sollst wissen, daß es mich beglükken wird, dich glücklich zu machen.

Mein ganzes Leben lang bin ich zivilisiert, aber arm gewesen. Ich kann nichts dafür. Man kann zivilisiert, ehrlich und reich sein. Das ist möglich. Der Koran fördert die Unternehmungslustigen, die arbeiten und Handel treiben. In jedem Fall trifft Gott die Entscheidung. Er hat sie für meine Familie bereits vor langer Zeit getroffen. Wir sind arm durch Vererbung. Doch Gott ist nicht immer auf seiten der Armen. Das ist der Titel eines libanesischen Films. Es könnte auch der Titel meiner Geschichte sein. Welche Provokation. In der heutigen Zeit mit den verblendeten Islamisten könnte ich damit Ärger bekommen. Im Prinzip ist Gott auf seiten aller Menschen. Ich kann es bezeugen. Seit ich kein ehrlicher Mensch mehr bin, häuft er die Hindernisse auf meinem Weg. Ein weder sehr langer noch komplizierter Weg. Doch wenigstens ein Weg, dessen ich mich nicht zu schämen brauche. Jetzt bin ich nicht auf meinem gewöhnlichen Weg, sondern an einer Weggabelung. Ich sehe eine unwegsame Piste zu einem kleinen Haus führen, in dem Frieden und sogar ein wenig Glück sicher sind. Das ist Najias Haus.

Auf der anderen Seite sehe ich die Straße, die ich seit

eh und je eingeschlagen habe, und an ihrem Ende Hlima und die Kinder. Merkwürdigerweise sind sie nicht in einem Haus, sondern sitzen alle drei in einem roten Sessel auf dem Bürgersteig. Für mich ist kein Platz. Es gibt auch einen kleinen gewöhnlichen Weg, der irgendwohin führt. Schließlich klebt Nadia sich falsche Wimpern an, während ein Sänger im Fernsehen oder im Radio seine Verzweiflung über die Einsamkeit hinausbrüllt. Falsche Wimpern um ein totes Auge herumkleben! Das ist merkwürdig. In meinem Blickfeld wandern Esel hin und her. Ein Papagei hält eine Rede, und ein Storch nagt an den Lautsprecherkabeln oben auf dem Minarett.

Die neue Sekretärin sagt keinen Ton. Sie erledigt ihre Arbeit, beantwortet Telefonanrufe, ordnet ihren Schreibtisch und gibt keinerlei Kommentare ab, weder über das Leben im allgemeinen noch über die von uns bearbeiteten Anträge im besonderen. Ihr Verhalten überrascht uns, denn ihre Vorgängerin hatte große Neugierde an den Tag gelegt. Vielleicht hat man diese hierher geschickt, um uns auszuspionieren? H. H. scheint ihr zu mißtrauen. Auch er redet weniger als zuvor, und wenn er einen privaten Anruf bekommt, senkt er die Stimme und schlägt einen Rückruf vor. Es ist unmöglich, etwas aus der Sekretärin herauszubekommen oder von ihrem Gesicht abzulesen. Man muß sich vor verschlossenen Gesichtern hüten. Sollte sie vom Betrugsdezernat sein? H. H. ist davon überzeugt; als Sabbane unangemeldet vorbeikam, haben wir es vorgezogen, außer Hörweite indiskreter Ohren mit ihm einen Kaffee trinken zu gehen.

Merkwürdig. Ich habe bis jetzt nur zwei Kommissionen eingestrichen und reagiere wie ein Experte auf dem Gebiet, wie H. H., der, seit er die Zehn-Prozent-Klausel anwendet, ein ganzes Vermögen angehäuft haben muß.

Die Presse hier schweigt sich über die große Korruptionsjagd in Italien aus. Zum Glück informiere ich mich einmal die Woche im französischen Kulturzentrum durch die Lektüre ausländischer Zeitungen und Magazine. Parteichefs treten zurück, Abgeordnete verlieren ihre Immunität, Minister werden vor Gericht gestellt, Unternehmer begehen Selbstmord. Die Korruption ist überall. Der Unterschied zu uns ist, daß sie dort hauptsächlich die Führungsköpfe betrifft und im großen Maßstab abgewickelt wird. Obwohl . . .

Seit ich den Bus nicht mehr nehme, fühle ich mich besser. Ich spüre weniger Abneigung gegen die menschliche Rasse. Ich habe sogar den Eindruck, daß meine Landsleute an Wert gewonnen haben. Ich sehe sie in einem besseren Licht. Ich leide nicht mehr unter ihrer aufdringlichen Nähe, ihren Gerüchen, ihrer schlechten Laune. Die öffentlichen Verkehrsmittel fördern die Nächstenliebe nicht gerade. Als ich ein Kind war, hatte mein Vater einen Teil unseres Hauses vermietet. Wir lebten alle unter einem Dach. Ein Laken trennte die beiden Familien. Meine Mutter war unzufrieden. Diese Leute waren ärmer als wir, und wir waren vor allem nicht gleich erzogen. Es waren Bauern. Ich mochte ihre Essensgerüche nicht. Sie hatten drei Kinder, die zu oft weinten. Es war eine finstere Zeit, die mich nicht darauf vorbereitet hat, meine Mitmenschen zu ertragen.

Die weißen Flecken breiten sich auf meinem Handrükken, meinem Vorderarm und meiner Stirn aus. Ich bleiche aus, verwasche. Die Leute sehen mich besorgt an. Sie bemitleiden mich. Ich verliere nach und nach beim Konsum des schmutzigen Geldes meine natürliche Hautfarbe. Ich bin eine Ein-Mann-Geldwaschanlage. Das Problem ist, daß man es sieht. Doch vielleicht stelle ich als einziger diese Verbindung her. Die anderen sagen sich wohl, daß es eine Krankheit ist, ein psychologischer Schock, eine große Widerwärtigkeit. Meine Augenbrauen sind von dieser Bleichungswelle durchquert. Es sieht aus wie Schminke. Ist das anstekkend? Gefährlich? Ich muß einen Spezialisten aufsuchen. Ich denke, ich muß ihn mit dem Schmiergeld bezahlen. Er wird es nicht erfahren. Eine Möglichkeit, das Übel mit dem Übel zu kurieren.

Der Arzt sagt mir, ohne mich auch nur abzuhören:

– Das ist eine Vitiligo, eine einfache Pigmentstörung. Es ist nicht schlimm, eine schlechte Verteilung der Pigmente. Den weißen Stellen fehlt es an Pigmenten, während sie an den nichtinfizierten Körperteilen in großen Mengen vorhanden sind. Es ist nicht sehr hübsch, aber ungefährlich. Dennoch müssen wir einige Untersuchungen machen lassen, denn ich bemerke kleine rote Pickel... Schlechte Blutzirkulation.

Einige Tage später komme ich mit den Untersuchungsergebnissen zu ihm. Er liest sie und richtet ab und zu den Blick auf mich. Er schneidet Gesichter, seufzt «Ach so!», «Das ist ja merkwürdig», «Das kommt selten vor». Dann steht er auf, nimmt die Brille ab und sagt:

– Welchen Beruf üben Sie aus?

– Ingenieur.

– Ein beneideter Posten, nehme ich an.

– Das weiß ich nicht.

– Sagen Sie mir, sind keine Transplantationen vorgenommen worden?

– Was für Transplantationen?

– Ein Organ … Ich sage das, denn es geschieht etwas Merkwürdiges. Zu Ihrer Vitiligo hat sich eine Allergie gesellt, eine Art Abstoßmechanismus.

– Ja, ich verstehe. Sagen Sie mir, kann man das behandeln?

– Nein, aber nun je, mit der Zeit werden Sie nicht mehr darauf achten. Es kommt vor, daß die Pigmentierung ihr Gleichgewicht wiederfindet. Es ist psychosomatisch. Wahrscheinlich sind Sie hypersensibel. Nehmen Sie das Leben auf die leichte Schulter. Machen Sie es wie alle anderen. Lassen Sie Ihr Blut ruhig zirkulieren. Belästigen Sie es nicht mit zu vielen Überlegungen, die es aufwühlen.

– Was für Überlegungen?

– Sie denken bestimmt zuviel.

– Vielleicht.

Anschließend teile ich ihm mit, daß ich seit einiger Zeit an Verstopfung leide.

– Das hätten Sie mir vorher sagen sollen. Es erklärt alles. Sie halten zurück, statt auszusondern. Ihr Problem ist ein schlechtes Gewissen. Sie brauchen Entspannung. Treiben Sie Sport.

– Ist das alles, was ich tun kann?

– Üben Sie sich in Beweglichkeit.

– Gibt es dafür Abendkurse?

– Ganzzeitkurse. Morgens und abends. Tag und

Nacht. Lassen Sie sich gehen. Lassen Sie sich vom Leben verwöhnen...

Ich muß die restlichen Dollars wechseln. Da ich zu Hause ausziehe, gebe ich Hlima eine ordentliche Summe. Das Gesicht, das sie letztens geschnitten hat, als sie meine Vitiligo sah, spricht Bände über ihre Menschlichkeit. Erbarmungslos. Wenn ich mich ihr nähere, wird sie mich bestimmt zurückstoßen. Sie hat Angst vor Krankheiten. Sie besucht niemals einen Kranken. Sie boykottiert die Krankheit und hofft, von ihr verschont zu bleiben. Erst nach zwei Ehejahren habe ich gemerkt, daß ich mit einer neurotischen Frau zusammenlebe. Sie kommt gut mit ihren psychischen Problemen zurecht, da sie ihnen keine große Bedeutung beimißt. Ihre Schrullen haben mich gestört, ihre Gleichgültigkeit hat mich aufgeregt, ihre Fixierung auf Geld und materiellen Komfort war mir unerträglich. Dennoch habe ich mit ihr zwei Kinder gezeugt und bin mit ihr ein gutes Stück des Weges gegangen. Wo ist da die Logik? Ich habe uns Männer immer für Feiglinge gehalten, insbesondere den Frauen gegenüber. Ich habe viel Zeit verloren. Unglücklicherweise bin ich zu spät aufgewacht.

Bin ich frei? Ja sicher. Ich mag den Ausdruck «frei wie der Wind». Auch ich kann überall hingehen. Ich kann gehen, wohin ich will. Ich kann in eines dieser mickrigen Kaffeehäuser einkehren, wo Pferdewetten abgehalten werden. Ich werde ein Bier bestellen und es zu gedämpften Bohnen trinken. Ich werde das Fußballspiel vom Vortag kommentieren und die Amerikaner beschimpfen, weil sie Bagdad bombardieren.

Ja, ich bin frei. Ich kann einen Ausflug zur Strandpromenade machen, zu Fuß gehen oder ein Taxi nehmen, eine Zigarette rauchen und dabei an Najia denken, mir die Schuhe putzen lassen, ein Buch kaufen, Sonnenblumenkerne knabbern, die Passanten abzählen, mir die Weißgekleideten unter ihnen einprägen, die Graugekleideten vergessen, ihre Berufe erraten, ob sie verheiratet sind oder nicht, eine Arbeit haben oder nicht. Ich kann sogar am Pier auf einen dicken Stein steigen und das Meer betrachten, alleine, mit dem Rükken zur Stadt, lange Zeit eine Möwe anstarren und ihren Flug verfolgen, bis ich die Vitiligo und die Verstopfung vergesse. Mir steht es frei, Zwetschgen gegen meine Verstopfung zu essen, doch mein Magen gehorcht nicht mehr. Ich kann mich auch langsam von dem dicken Stein heruntergleiten lassen und inmitten der Wellen wiederfinden. Ich kann nicht schwimmen. Außerdem habe ich Angst, genau dahin zu fallen, wo sich die Kanalisation der Stadt ergießt. Dort stinkt es. Es steht mir frei, diesen Gestank zu vergessen. Es ist unschicklich, inmitten der Scheiße der Leute weggeschwemmt zu werden. Von mangelnder Eleganz ganz zu schweigen. Nein, ich tauge zu mehr. Man darf sich nicht derart verachten. Ich weiß, mein Handeln und Denken sind völlig frei. Niemand kann mich am Denken oder am Träumen hindern. Das ist meine einzige Freiheit. Ich bin gepanzert. Meine Träume sind unergründlich. Ich besitze als einziger den Schlüssel zu ihnen. Ich brauche ihn nicht einmal zu verstecken. Er ist in meinem Kopf. Niemand kann mich daran hindern, zu handeln... Niemand? Ich sehe Wassits und Karimas Gesichter vor mir. Im Hintergrund sehe ich Najias Gestalt. Nein, ich bin nicht frei. Ich werde nichts dergleichen tun. Ich werde alles vergessen und langsam nach Hause gehen, wo mich Hlima mit ihrem schlecht frisierten Haar erwartet, mit ihren verquollenen, verweinten Augen, ihrem Groll, ihren jämmerlichen Litaneien und ihrem ausbruchsreifen Zorn.

Ich gehe heim und werde an nichts denken. Ich werde mir die Ohren mit Wachskugeln zustopfen, ein Buch zur Hand nehmen und darüber einschlafen. Ich werde mich in eine Ecke des Wohnzimmers zurückziehen oder mich in der Küche einschließen. Dort werde ich Ruhe haben. Das und nicht mehr ist die Freiheit, meine Freiheit. Wie eng, wie klein. Aber so ist es.

Jetzt, wo mir diese Katastrophe bewußt ist, weiß ich nicht, was ich tun soll. Gestern kam meine Schwiegermutter zu mir ins Büro. Es ist das zweite Mal, daß sie mir das antut. Das erste Mal war zu Karimas Geburt. Mein Sohn war drei. Sie hatte beschlossen, ihre Tochter zu überraschen und heimlich Karimas Taufe und Wassits Beschneidung zu organisieren. Vor allem durfte Hlima nichts davon erfahren. Das ist ziemlich üblich in bürgerlichen Kreisen. Meine Schwiegermutter vergab die gute Gelegenheit nicht, dies alle wissen zu lassen und vor allem auf die Tatsache meines mehr als bescheidenen Gehalts zu pochen. Die Großzügigkeit reicher Leute ist oft suspekt. Sie sind zur Diskretion unfähig. Damals hatte ich ihr das nicht übelgenommen. Ich kannte sie noch nicht gut. Der gestrige Besuch hatte ein anderes Ziel: mich mit Hlima zu versöhnen. Merkwürdigerweise machte sie sich ganz klein und kritisierte ihre Tochter. Sie sagte mir, sie verstehe mich und sie denke an Wassit und Karima. Für sie sei

Geld nur ein schlechter Abglanz des Lebens, und es gebe ja noch anderes als materiellen Komfort. «Nur die Gesundheit ist wichtig. Ohne Gesundheit kein Geld. Gesundheit an Leib und Seele. Das muß man von Gott erbitten. Der Rest folgt von selbst. Ohne Gesundheit kein Glück, keine Freude, keine Zukunft...», sagte sie. Ich war überrascht. Ich erkannte sie kaum wieder. Ich sagte mir: sie muß wohl krank sein und schon an ihr Ende denken.

Ich habe ihr ruhig gesagt, daß ich keineswegs die Absicht habe, mich mit Hlima zu versöhnen, da der Graben zwischen uns zu tief ist. Sie ist unglücklich weggegangen, hat sich aber noch die Zeit genommen, einen Giftpfeil abzuschießen: «Gott wird dich richten! Ich überlasse dich ihm.»

Seither befinde ich mich in Gottes Hand und fühle mich eher wohl. H. H. betrachtet mich voller Mitleid. Er kennt diese Art Probleme nicht. Wirklich in der Hand Gottes sein! Welch ein Glücksfall. Ich werde die Gelegenheit nutzen und etwas mehr Gerechtigkeit fordern sowie eine Besserung meines gewöhnlichen Lebens. Ich brauche nicht viel: eine Gehaltserhöhung, mehr Aufträge für Hlima und schließlich Karimas Genesung. Ihr Asthma hat sich verschlechtert. Der Arzt hat zu einem Aufenthalt in einer Spezialklinik geraten. Er glaubt, daß ihr Atem immer kürzer werden wird, außerdem ist ihre linke Lunge in einem schlechten Zustand. Der Arzt ist einer meiner Schwäger. Wir haben nichts gegeneinander, aber mehr auch nicht. Er behandelt uns umsonst. Meine Schwiegermutter hat mich bereits darauf aufmerksam gemacht. Was haben sie davon, die Armen zu demütigen?

Sie glauben, ich sei durch meine eigene Schuld mittellos. Ich habe mich nicht an mein Milieu anpassen können. Ich habe es nicht für nötig gehalten, einige Übereinkünfte zu erzielen. Der Arzt sagt es nicht, doch er denkt es bestimmt. Wir verbringen kaum Zeit miteinander. Hlima und ich gehen abends nicht oft aus, denn wir haben kein Auto. Es kommt einer Prüfung gleich, abends in Casablanca ein Taxi aufzutreiben. Daher lehnen wir die seltenen Abendesseneinladungen ab, es sei denn, es handelt sich um eine Verpflichtung, eine Hochzeit oder ein Begräbnis. Der Arzt hat mich heute früh angerufen. Ich habe Angst bekommen. Er ruft mich zum erstenmal an. Er hat an Karima gedacht und mir eine Adresse durchgegeben, wo sie hinsoll, dann hat er hinzugefügt, daß es mich zwischen zehn- und fünfzehntausend Dirham kosten wird. Er hat mir auch gesagt, daß er mir helfen wird, einen Sonderpreis zu bekommen, da die Klinik von einem seiner Freunde geleitet wird. Zuerst einmal muß Karimas Asthma eingedämmt werden, dann sehen wir weiter.

Ich lege den Hörer auf und wische mir Stirn und Schläfen ab. Der kalte Schweiß bricht mir aus. Ich verlasse das Büro und eile nach Hause. Das Taxi bleibt in einem Verkehrsstau stecken. Ich steige aus und gehe zu Fuß weiter. Zu Hause sitzt Hlima an ihrer Näharbeit. Sie ist erstaunt, mich in einem solchen Zustand zu sehen. Ich frage nach Karima.

– Sie ist in der Schule. Warum?

– Geht es ihr gut?

– Ja, außer daß sie gestern abend, während du bei

einem deiner Flittchen warst, einen Asthmaanfall hatte.

– Wirf doch nicht alles durcheinander!

– Glücklicherweise war Doktor Saïd da. Er hat ihr eine Spritze gegeben.

– Nun, er hat mich im Büro angerufen und mir gesagt, daß sie in die Klinik muß.

– Ja, ich weiß. Aber von welchem Geld?

– Das Geld? Ich werde es auftreiben.

Ich schließe mich im Bad ein und öffne mein Sparschwein, *Das Sein und das Nichts.* Ich zähle die Scheine. Zehn Hundertdollarscheine und zweitausendfünfhundert Dirham. Das wird fürs erste reichen. Danach werde ich Geld leihen oder mit H. H. überprüfen, ob eine Akte eine Unterschrift braucht. Ich muß die Dollars wechseln. Ich gehe wieder zur Bankfiliale, in der ich einen Teil des Geldes gewechselt hatte. Als ich eintrete, erkennt mich der Schalterbeamte gleich, lächelt mich an und bittet mich, ihm zu folgen. Wir gehen zu einem Verantwortlichen, vielleicht dem Filialleiter, der mich sofort fragt:

– Haben Sie noch mehr Dollars zum Wechseln?

– Ja. Deshalb bin ich hier.

Während er mit mir spricht, blättert er in einer Akte.

– Ich wollte Ihnen schreiben, um Ihnen vorzuschlagen, das Geld anzulegen. Doch da Sie selbst hier sind, erübrigt sich der Brief.

Der Schalterbeamte fügt hinzu:

– Wie das Sprichwort schon sagt: «Wenn es Wasser für die Waschungen gibt, braucht man den Stein nicht mehr zu benutzen!»

Er hält mir die Hand hin. Ich gebe ihm die zehn Hundertdollarscheine. Er zählt sie mehrmals und überprüft die Nummern.

– Es sind ganz neue Scheine aus ein und derselben Serie. Das ist ärgerlich.

Ich sehe sie erstaunt an. Der Verantwortliche fragt:

– Woher haben Sie diese Dollars?

– Das geht Sie nichts an.

– Ich weiß. Nachher wird Ihnen diese Frage anders gestellt werden, an einem anderen Ort und vor allem von anderen Leuten. Sagen Sie mir lieber die Wahrheit. Diese Serie von L 56061450 A bis L 56062000 A ist im Moment sehr gefragt, und zwar nicht von einem Sammler! Das letzte Mal haben Sie zehn Scheine von L 56061450 A bis L 56061460 A gewechselt. Und wie durch Zufall setzen die Scheine heute die Serie bis 70 A fort. Sagen Sie mir schon, wo und wer Ihnen dieses Geld ausgehändigt hat?

Ich verspüre den Drang, wie in einem schlechten Film zu antworten: «Mein Onkel aus Amerika!»

Doch dieser Mann sieht nicht so aus, als sei mit ihm gut Kirschen essen. Vielleicht ist er ein Polizeibeamter, der sich als Filialleiter ausgibt. Angesichts meines Erstaunens und meiner Wortkargheit telefoniert er. Ich höre zu.

– Ich glaube, wir haben etwas.

Ich erhebe mich, um einige Schritte zu gehen, der Schalterbeamte zwingt mich, mich wieder hinzusetzen.

– Geben Sie mir mein Geld zurück.

– Leider ist es nicht Ihr Geld. Dieses Geld wurde entwendet, vielleicht von Ihnen, vielleicht von demjenigen, der es Ihnen ausgehändigt hat. Jedenfalls sind Sie entweder ein Dieb oder ein Hehler. Das gibt vier bis fünf Jahre Gefängnis.

Dann, nach einem kurzen Schweigen, sagt er mit gesenkter Stimme:

– Wenn Sie wollen, können wir zu einer Einigung kommen. Im Augenblick sind nur Sie und ich auf dem laufenden. Es liegt allein an Ihnen, ob diese heikle Angelegenheit unter uns bleibt, in einem gemeinsamen intimen, vertraulichen Verhältnis. Im Leben muß man manchmal verlieren können.

Er ist verrückt! Mit wem redet er? Ich habe mein Leben damit verbracht, nicht zu gewinnen. Ich verlor auch nicht, denn meine krankhafte Ehrlichkeit hielt mich davon ab, auch nur das geringste zu unternehmen. Wenn ich nun einmal ein paar Groschen gewinne, will man sie mir auch noch wegnehmen! Das ist ungerecht. Auch die Justiz liebt die Armen nicht, die Macht nistet sich nicht bei ehrbaren Leuten ein, und der Frühling pfeift auf die Schwalben. Ich sehe mich schon in Handschellen vor einem dieser auf harte Verhöre spezialisierten Inspektoren. Er wird mir lächelnd sagen: «Wir haben achtundvierzig Stunden, um Sie zum Geständnis zu bringen. Sie haben Glück. Wir dürfen Sie jetzt nur noch achtundvierzig Stunden ohne Anklage festhalten. Vorher hatten wir unbegrenzt Zeit für unsere Arbeit. Heute, mit diesen Menschenrechtsorganisationen und der geschwätzigen nationalen und internationalen Presse, müssen wir uns beeilen. Die Demokratie ist eine Frage der Zeit. Man muß in achtundvierzig Stunden erreichen, was man sonst in aller Ruhe ein bis zwei Wochen lang bearbeiten konnte!»

Ich hebe den Blick und beobachte das aufgedunsene Gesicht dieses Erpresser-Diebes, der durchaus imstande ist, mich der Polizei auszuliefern. Zweifel überkommt mich kurz. Wie ist es möglich, eine solche Beschuldigung zu erheben? Liegt es daran, daß man an meinem Gesicht alles ablesen kann? Ehrliche Leute können schlecht lügen; sobald sie vom rechten Wege abkommen, weiß es alle Welt. Sie verraten sich selbst. Man braucht sie gar nicht zu denunzieren. Dennoch bin ich in meinem Fall sicher, daß jemand die zwei Männer in der Bank benachrichtigt hat. Wer? Sabbane oder H. H. Doch aus welchem Grund? Aus Rache? Aus reiner Boshaftigkeit? Heute wird mir klar, wie viele Geschäfte, die H. H. und seine Komplizen bereichert hätten, wegen meiner Unbescholtenheit, meines Mangels an Beweglichkeit und meiner fehlenden Bereitschaft zu Übereinkünften nicht abgeschlossen werden konnten. Es wäre sogar möglich, daß er mich dazu gedrängt hat, vom leichtverdienten Geld zu kosten, nur damit ich eine Ahnung davon bekomme, was ich verpaßt habe und was er durch mich verpaßt hat. Wie abartig! Wie sadistisch! Wenn ich verhaftet werde, rückt zu allem Überfluß er auf meinen Posten. Es ist ein außerordentlich gut ausgedachtes Komplott. Sie sind alle beteiligt: derjenige, der die Bestechung vornimmt, mein Stellvertreter, die Bankbeamten und vielleicht sogar bestimmte Polizeibeamte und Kontrolleure. Dazu noch Hlima und ihre Mutter, und schon schließt sich der Kreis. Vielleicht ist es nur ein Bluff. Ich hätte nie ausländisches Geld annehmen sollen... Ich hätte nie irgendwelches Geld annehmen sollen! Was nun? Ihnen einen Teil überlassen? Protestieren und in einem feuchten Keller in Polizeigewahrsam enden? Ich kann die Herkunft dieses Betrags nicht erklären. Es gibt keinen Ausweg, ich sitze in der Falle wie ein Tier. Ich brauche nur meine Zustimmung zu einer Übereinkunft zu geben, und das kommt einem Schuldgeständnis gleich. Ich bin ein korrumpierter Mensch; erst seit kurzem korrupt, doch was zählen schon Datum und Art des ersten Fehltritts. Ich stehe auf, gehe im Büro hin und her, ich rauche eine Zigarette und blicke durch das Fenster auf die Stadt. Ich beobachte das Leben gerne durch ein Fenster. Ich stelle mir Schönheit und Freude vor, ich erahne den Kummer und das Elend der Passanten. Jene Frau dort in der himmelblauen Djellaba, die mit ihrem Kind auf dem Rücken auf einem alten Motorrad vorbeifährt, ist bestimmt glücklich. Wahrscheinlich ist sie genauso arm wie ich, doch sie ist nicht in die Falle getappt wie ich jetzt. Ein junger Mann lehnt an der Mauer und sonnt sich in Ruhe; trotz seines Juraabschlusses erwartet er nicht mehr, eine Arbeit zu finden. Auch ihn beneide ich. Doch der Mann, der mit einer dicken Aktentasche vorbeieilt, ist bestimmt nicht glücklich. Er schwitzt, bleibt stehen, fährt mit der Hand über seine Glatze und wischt den Schweiß herunter. Er lebt bestimmt schlecht. Ein wenig wie ich. Ein Touristenpaar bleibt stehen und macht ein Foto. Der Mann ist hochgewachsen, die Frau auch. Sie sind schön. Sie sind zufrieden. Bestimmt haben sie keine Sorgen. Sie sind nicht in einem Büro eingesperrt und müssen irgendeine Übereinkunft aushandeln, um ihre Dollars zu wechseln! Wann werde auch ich ein geachteter Tourist sein mit Dirhams, die ich in New York oder San Francisco gegen Dollar tauschen kann? Ich denke wieder an Karima und Wassit. Sie sind meilenweit davon entfernt, sich ihren Vater in einer Falle oder in einer Sackgasse vorzustellen. Das verdienen sie nicht. Ich gebe nach. Ich höre auf zu überlegen, das Für und das Wider zu erwägen, ich gebe auf. Bleibt mir eine Wahl? Niemand berät mich, hilft mir oder unterstützt mich. Ich bin alleine. Ich kann mein Bild in der Scheibe sehen. Mein Gesicht wirkt etwas entstellt. Das kommt von der Hitze, der Angst und der Furcht. Ich war noch nie sehr schön, aber das minderwertige Glas verleiht meinem Kopf anomale Proportionen. Meine Augen täuschen mich. Sicher, mein Sehvermögen läßt nach, doch es spielt mir auch Streiche. Das Bild in der Scheibe bewegt sich von rechts nach links. Ich rühre mich nicht. Das Fenster ist nicht ganz zu. Der Wind bringt mein Bild in Bewegung. Wenn ich könnte, würde ich zum Fenster hinausfliegen. Ich würde wie Rauch verwehen. Das wäre ärgerlich für meine Erpresser! Sie müßten sich vor Gericht für mein Verschwinden verantworten. Ich hingegen würde unsichtbar an ihrem Prozeß teilnehmen. Das wäre meine Vergeltung. Die Tür geht auf. Das Fenster schlägt zu. Ich drehe mich um und sehe einen schlecht rasierten, bedrohlichen Riesen vor mir. Jetzt sind es schon drei, die mir übel mitspielen wollen. Der Riese rempelt mich an und zwingt mich auf einen Stuhl nieder. Er behauptet, vom Betrugsdezernat zu sein und bereits einflußreiche Persönlichkeiten ins Gefängnis gebracht zu haben. Er erzählt einen Haufen Schoten. Er versucht mich einzuschüchtern und mir Angst einzuflößen. Ich widersetze mich durch Schweigen. Wozu soll ich mit so einem Rohling reden? Ich habe immer davon geträumt, ein Großstadttarzan zu sein, ein Rächer, ein Retter. Ich betaste meine Muskeln. Sehr mager. Mein Atem ist kurz. Ich habe schon immer gewußt, daß die Zigaretten mein Unheil sein werden. Wenn mir der Riese einen Faustschlag versetzt, werde ich in Ohnmacht fallen. Während meines Wehrdienstes habe ich mich oft krank gemeldet. So konnte ich den ermüdenden Übungen entgehen. Ich schloß mich in der Krankenstation ein und las. Meine schwache Gesundheit war ein Vorwand, ein wenig Einsamkeit zu genießen. Ich hasse das enge Zusammenleben mit Männern. Nun umringen mich drei Rohlinge mit nach Knoblauch und Bier stinkendem Atem. Das muß sofort aufhören. Das muß auf der Stelle aufhören. Das muß auffliegen. Sofort. Auf der Stelle. Ohne Aufschub. Ich muß da heraus. Sofort raus. Ich ersticke. Mir wird übel, vor allem, wenn sie sich über mich beugen und mir von ihrem schlechten Atem schwindlig wird. Auf der Stelle. Ich will. Ich verlange von meinem Willen, den Leidensweg zu beenden. Und wenn ich alle Dollars verbrenne? Da würden sie schön blöd dastehen! Und wenn ich das Zimmer in Brand stecke? Schwierig. Das ist ein Befehl. Sofort. Auf der Stelle. Ich muß aufstehen und jedem von ihnen ein paar Ohrfeigen verpassen. Sie müssen weinen und mich auf Knien anflehen. Nein, das bin nicht ich. Das ist ein anderer. Ich kann keinen Menschen auf Knien sehen. Einen Fußtritt in den Hintern oder den Unterleib geben. Ein Tritt in die Eier ist fürchterlich. Ein zugleich starker und dumpfer Schmerz. Da würden sie sich vor Schmerz windend um Hilfe rufen. Ich könnte die Gelegenheit nutzen und fliehen, an der Uferpromenade entlang laufen, schreien, singen, Dollars zerreißen und die

Möwen füttern. Doch so ist der Lauf der Welt. Die Macht gehört denen, die aus der Gleichgültigkeit eine Tugend machen und dabei die Menschen verachten, die ohne Mitleid, trostlos und unverstanden sterben. In diesem Augenblick denke ich an meinen Freund O., an dessen Krankenhausbett ich kürzlich saß. Das Leben drehte sich um ihn, doch der Tod war auch zur Stelle. Er forderte ihn heraus, während die Krankenschwester einen Schlauch genau unter der Lunge anbrachte, um literweise mit Blut vermischtes Wasser herauszupumpen. Er fühlte sich erleichtert, als er fast drei Liter Flüssigkeit verloren hatte, die gegen seine Lunge drückten und ihn am Atmen hinderten. Er ist ein sehr enger Freund, der weit von Casablanca enfernt lebt. Ich hatte ihn ein Jahr lang nicht gesehen, und in jenem düsteren Zimmer haben wir uns wiedergetroffen. Meine Probleme schienen wirklich unbedeutend, wenn ich ihn, ohne daß er es merkte, ansah und mir vorstellte, wie der Tod seine Stirn streichelte und dann seinen Hals zudrückte.

Sieh mal an! Da ist wieder ein Mann, der ein Kind schlägt. Der Junge geht auf eigene Kosten bei der Gewalt in die Lehre. Er wird später vielleicht auch seinen Vater oder sogar seine Mutter schlagen. Niemand bleibt stehen, um den Mann daran zu hindern, über den Buben herzufallen. Vielleicht ist es sein Sohn oder sein Bediensteter. Ich mache eine Handbewegung, wie um zu protestieren und meine Ohnmacht auszudrücken. Die drei Männer umringen und bedrohen mich. Ich setze mich wieder hin und fordere meine Dollars zurück. Gutwillig hält sie mir der Bankier hin. Ich zähle nach. Zehn armselige Scheine. Ich zerknülle sie. Ich bücke mich, wie um etwas aufzuheben und setze sie schnell mit meinem Feuerzeug in Brand. Einer der drei Männer stürzt brüllend herbei und tritt auf den Scheinen herum. Er kann ein paar retten. Ich erhebe mich, frei, während drei verpestete Münder wüste Beschimpfungen ausstoßen. Ich gehe auf die Tür zu. Niemand hält mich zurück. Draußen ist es heiß. Ich ziehe mein Jackett aus, lockere meine Krawatte und gehe langsam, verliere mich in der Menge, die heute früh in starker Bewegung scheint.

Wie die Männer, von denen in Büchern die Rede ist, bin ich an einem bestimmten Punkt in meinem Leben angekommen, und ich schwanke zwischen Kampf und Selbstzerstörung. Ich bin nicht imstande, die anderen zu zerstören. Kampf oder eine neue Schlacht jagen mir Schrecken ein. Selbstmord ist unvorstellbar. Es ist eine Frage, die man sich selten stellt. Um mich herum gibt es depressive Leute, aber keine Selbstmörder. Als ich in der Sekundarschule war, hat sich unser Geschichtslehrer, ein französischer Entwicklungshelfer, erhängt. Das hatte uns sehr bestürzt. Er hatte unsere Klausuren korrigiert und zurückgegeben, hatte das Klassenzimmer aufgeräumt, und am anderen Tag erwarteten wir ihn zum Unterricht. Ich war vierzehn, und ich gebe zu, ich habe geweint. Später habe ich erfahren, daß ihn seine Frau betrogen hatte und daß er diese Demütigung nicht ertragen konnte.

Ich schlendere ohne Eile mit dem Gefühl, «in voller Kenntnis der Dinge» zu leben. Ich möchte nicht in die Finsternis eines feuchten Kellers geworfen werden. Gefängnis ist ebenfalls unvorstellbar. Man muß sich gegen alles auflehnen; man muß sich auflehnen beim Gehen, beim Sprechen, beim Schlafen, beim Träumen, beim Schaffen, beim Aufreiben bis zum Wahnsinn, dieser Freiheit, die keine Krankheit ist. Die Leute rempeln mich an, und niemand entschuldigt sich. Mein Erscheinungsbild als müder Mann flößt niemandem Respekt ein. Ich weiß. Die Leute haben keine Zeit, sich über meine Seele zu beugen und sich klar darüber zu werden, daß ich ein guter Mensch bin. Sie scheren sich nicht darum. Zu Recht. H. H. hat nicht einmal eine Seele, und dennoch wird er respektvoll gegrüßt. Mit mir gehen sie nicht respektlos um, sie ignorieren mich einfach. Mich gibt es gar nicht. Das hätte ich den drei Rohlingen in der Bank sagen sollen: «Sie haben jemanden vor sich, den es gar nicht gibt. Ich bin ein Trugbild. Ein Windstoß.»

Wahrscheinlich hätten sie mich zusammengeschlagen, nur um mir zu beweisen, daß es mich gibt. Doch ich brauche diesen Beweis nicht. Ich könnte mir das Leben nehmen, es auslöschen. Leicht gesagt. Besitze ich noch den Mut, vor meine Kinder zu treten? Werden sie sich meiner schämen? Die weißen Flecken auf meinem rechten Handrücken sind verschwunden, doch die auf der Stirn und hinter den Ohren sind noch da. Ich bin sicher, sie werden mit der Zeit weggehen.

Ich habe mich schon lange nicht mehr unter die Menge gemischt. Eine Stimme sagt mir: «Wähle den Tod, hier, jetzt, in dieser Menschenmenge, an dieser Kreuzung, vor diesem Bettler, der dich mit feuchten Augen ansieht, hier im Beisein dieser schönen Frau, einer Ausländerin, die das Exotische und die Leidenschaft zum Unbekannten hergetrieben haben, wähle den Freitod oder, wenn du kannst, wechsle den Bürgersteig, die Stadt und sogar das Land, geh weit weg, so-

soweit es deine Mittel erlauben, hinunter nach Afrika oder hinauf nach Europa, sei lebhaft und entschlossen; du bist nicht besudelt, weil du eine armselige Kommission eingestrichen hast, nein, du bist besudelt, weil du dich in einer Falle verfangen hast; du schlägst dich mit skrupellosen Schatten, wähle das Schweigen und richte dich in deinem Abgrund ein, wohin keinerlei Licht vordringen und dich blenden wird.» Eine andere Stimme, sicher die Najias, spricht leise zu mir: «Es ist noch nicht zu spät, alles wieder einzurenken. Werde das Schmiergeld los, wechsle das Büro, und wir werden etwas Gemeinsames aufbauen. Du bist überzeugt, daß dich dein Mitarbeiter angeschwärzt hat. Wenn du nicht reagierst, wird er noch weiter gehen. Woher kommt diese Apathie? Du reagierst nicht, wenn es nötig ist; du wartest ab und verlierst die Gelegenheit zum Siegen. Nun liegt dein Schicksal in deiner Hand. Es ist noch nicht zu spät...»

Ich betrete das Café Central. Einige Männer spielen Karten, andere Domino. Kinder putzen die Schuhe von Männern, die vorgeben, Zeitung zu lesen. Auch ich nehme eine Zeitung und blättere darin. Sie ist schlecht geschrieben, schlecht aufgemacht, schlecht informiert, alles schlecht. Ich werfe sie auf die Bank. Eine Hand nimmt sie und schlägt die Kreuzworträtselseite auf. Ich trinke einen Tee, beobachte die Passanten. Es gibt noch zu viele Bettler in dieser Stadt. Das liegt an der Dürre. Sie kommen vom Land. «Sie ergießen sich statt des Regens», sagt mir der Kellner, der vergißt, daß auch er vor fünf Jahren noch Hirte war. Die Schuhputzer verkaufen lose amerikanische Zigaretten.

Sie sind Polizeispitzel. Es gibt nicht viel zu bespitzeln, aber man kann ja nie wissen, man muß seine Ohren überall haben. Ich erkenne ein Mitglied der Kontrollkommission. Neben ihm geht eine Frau in einer Djellaba. Vielleicht seine Frau oder seine Mutter. Ich sehe auf die Uhr. Es ist Zeit, ins Büro zurückzugehen. H. H. ist wahrscheinlich beunruhigt. Ich werde ihm die Szene in der Bank nicht erzählen. Ich werde ihn auf mich zukommen lassen. Seine Freunde werden ihn benachrichtigen. Dann werde ich wissen, ob er daran beteiligt ist oder nicht.

Im Büro ist die neue Sekretärin in heller Aufregung. Sobald sie mich sieht, läuft sie auf mich zu und sagt mir, daß die Kommission wieder da sei. Ich beruhige sie. Sie ist besorgt, denn man beschuldigt sie, eine alte Schreibmaschine gestohlen zu haben. Sie protestiert und bricht fast in Tränen aus. H. H. ist nicht da. Er ist beim Amtsleiter. Sobald ich am Schreibtisch sitze, kommt eines der Kommissionsmitglieder, der kleine Dicke, zu mir und reicht mir ein Papier zum Unterschreiben. Ich lese es durch. Eine Bescheinigung ihres Besuchs. Nichts Schlimmes.

Eine Stunde später ruft mich der Amtsleiter zu sich.

– Sie sind suspendiert und der Veruntreuung öffentlichen Eigentums beschuldigt. Die Justiz wird Sie umgehend davon informieren. Ich sehe es als meine Pflicht an, Sie zu warnen und nutze die Gelegenheit, Sie meiner Sympathie zu versichern. Sie waren immer ein guter Bürger und ein ausgezeichneter Beamter. Doch wir haben alle unsere Schwächen. Nun geht es ans Zahlen.

– Zahlen wofür?

– Ihre Fehltritte. Sie werden beschuldigt, Büromaterialien entwendet und auf dem alten Flohmarkt Jouteya verkauft zu haben.

– Das muß ein Irrtum sein, Herr Amtsleiter. Ich habe nie etwas auf der Jouteya verkauft.

– Um so besser, wenn Sie unschuldig sind. Sie brauchen es nur zu beweisen. Ich habe nichts gegen Sie. Doch ich bin verantwortlich für alles in diesem Haus, die Stühle, die Maschinen, die Kugelschreiber genauso wie die Menschen. Wenn ich erfahre, daß einer meiner Untergebenen eine Schreibmaschine verkauft hat, muß ich durchgreifen. Das ist selbstverständlich. Diese Maschine ist Staatseigentum, sie ist ein öffentliches, mit dem Geld des Steuerzahlers, das heißt des Volkes, erworbenes Gut.

– Aber die Maschine habe ich mir ausgeliehen, ich habe sie nicht gestohlen.

– Vielleicht. Doch Sie hatten achtundvierzig Stunden Zeit, sie zurückzugeben, von dem Augenblick an, an dem die Kommission ihr Verschwinden bemerkt hatte. Das war vor zwei Monaten. Sie werden der Kommission das alles erklären müssen. Die Leute sind ja keine Rohlinge. Vertrauen Sie auf die Justiz Ihres Landes.

Ich möchte so gerne Vertrauen haben, doch der Ausgang steht von Anfang an fest, es wird mit gezinkten Karten gespielt. Ein Exempel soll statuiert werden, und das mußte gerade mich erwischen. So ist es immer, hätte mein Vater gesagt. Man wird dafür bestraft, daß man arm ist; man ist arm, weil man ehrlich ist; man ist ehrlich, weil man von Generation zu Generation zur Achtung vor dem Gesetz erzogen wird. Eine alte

Schreibmaschine, eine Olivetti von 1960! Ein Museumsstück! Sie sind widerlich. Ich werde die Maschine sofort zurückgeben. Doch sie werden sie nicht annehmen wollen. Es ist nur ein Vorwand. Ich verlasse den Amtsleiter angewidert und verzweifelt. Ich habe endlich verstanden, und nun ist es zu spät, meine Geisteshaltung und mein Benehmen zu ändern. Ich gehe nicht in mein Büro zurück, denn ich bin ja suspendiert. Mein Dienst ist suspendiert und mein Gehalt auch. Meine Unterschrift ist nichts mehr wert. Vorher schätzte man sie auf etwa eine Million Centimes. Heute existiert sie nicht mehr. Keine Tür wird sich aufgrund meines Namenszuges öffnen. Von jetzt an bin ich ein freier Mensch, ein ganz neuer Mensch. Mir bleiben noch einige Scheine. Ich laufe wieder durch die Straßen. Bei einem Friseur lasse ich mir das Haar waschen und den Bart rasieren. Ich betrachte mein Spiegelbild. Es sieht aus, als seien die weißen Flecken weniger verbreitet als vorher. Es wirkt komisch, wenn die Hälfte der Augenbrauen weiß ist. Warum hängen die Friseure eigentlich ihre Diplome auf? Dieser heißt Omar. Sein Paßbild wird von einer Reihe Fahnen umrahmt. Wahrscheinlich hat er an einem internationalen Wettbewerb in Toulouse teilgenommen. Die israelische Fahne hat er ungeschickt mit der palästinensischen überklebt. Man sieht genau, daß Israel übersteht. Wahrscheinlich hat man ihm seine Teilnahme an diesem Wettbewerb vorgeworfen. Aus dem Radioapparat kreischt ohrenbetäubende Musik. Während er mich frisiert, diskutiert er mit jemandem, der sich hinter ihm befindet. Er arbeitet von der Seite. Ich wollte nur auf andere Gedanken kommen. Das ist ja nun geschehen; ich zahle und gehe.

Da dreht sich ein eleganter, korpulenter Mann nach mir um. Auch ich sehe ihn an. Ich bin mir nicht sicher, aber ich glaube, es ist Tajedin, der Sohn unseres Lehrers. Er spricht mich zuerst an. Wir haben uns ein Vierteljahrhundert lang nicht gesehen. Er ist sehr gut angezogen, füllig, hat Stil und Geld. Er küßt und umarmt mich und sagt mir, wie glücklich er ist. Merkwürdigerweise siezt er mich. Ich duze ihn sofort. Er lädt mich auf ein Getränk ein. Er wählt das Kaffeehaus. «Nicht hier. Wir gehen zur Strandpromenade in mein Hotel, das Ryad Salam.» Wir steigen in seine Limousine, und der Fahrer chauffiert uns. Ich freue mich über diese Begegnung. Ich will ihm die Freude nicht verderben mit der Nachricht, daß ich gerade meine Stelle verloren habe und der Veruntreuung öffentlichen Eigentums bezichtigt werde! Er erzählt mir von seinen Niederlassungen in Amerika und England. Ohne Umschweife erklärt er mir, daß er ein Vermögen angehäuft hat, indem er einfach seinem Instinkt gefolgt ist. Auch ich bin dem meinen gefolgt, und man sieht ja, wohin das geführt hat! Ich sage ihm, daß der Instinkt alleine nicht ausreicht. Er lächelt und hält sich den Finger an die Stirn. Intelligenz! Auch ich bin intelligent, und ich verfüge nicht über einen Mercedes 500 mit Fahrer. Wir sitzen mit unseren Getränken am Swimming-pool des Hotels, und er erzählt mir sein Leben, seit er Marokko verlassen hat. Er hat mit nichts angefangen und besitzt heute ein Vermögen. Er ist Amerikaner geworden, nicht dem Ausweis nach, sondern im Kopf. Er spricht von Effizienz, Rentabilität, Unnachsichtigkeit, Ernsthaftigkeit, Abenteuer, Risiko, Integration... Er zeichnet ein Bild des Amerikaners, das mich zum Lachen reizt. Alle Klischees werden aufgefahren. Vielleicht sind es ja gar keine Klischees. Er ist nach Hause zurückgekehrt, um zu investieren, doch er beklagt sich über die mangelnde Ernsthaftigkeit unserer Landsleute. Er sagt:

– Sie müssen verstehen, meine Zeit ist kostbar, und hier läßt man mich überall warten. Die Marokkaner haben alle Schwerfälligkeiten von den Franzosen geerbt. Wie schade! Geld an sich ist uninteressant. Es ist ein Symbol. Das Aufregende ist nicht, es zu besitzen, sondern verschiedenartige Methoden zu entwickeln, um es zu verdienen. Jeder kann reich werden. Doch nicht jedermann ist es gegeben, stärker als das Geld zu sein. Ich bin arm gewesen, du..., vielmehr Sie erinnern sich, ich bin reich gewesen, ich habe mehrmals Bankrott gemacht: Geld ist nur ein Symbol. Hier tragen die Leute ihren Reichtum unklugerweise zur Schau. Geld darf niemals ein Ziel an sich sein. Es ist ein Mittel, ein Symbol, sage ich Ihnen! Nachdem er eine Stunde lang über sich geredet hat, fragt er, was aus mir geworden ist.

– Ich arbeite im Wirtschaftsministerium. Im Augenblick bin ich krank geschrieben. Ich erhole mich.

Er schlägt mir vor, mit ihm nach New York zu fliegen und mich dort von Kopf bis Fuß untersuchen zu lassen. Er lädt mich ein. Macht er sich über mich lustig? Vielleicht nicht. Menschen, die ein Vermögen gemacht haben, bemühen sich oft, anderen einen Gefallen zu tun, als wollten sie um Verzeihung für ihren Erfolg bitten. Ich hätte große Lust, ihn beim Wort zu nehmen und mit ihm nach Amerika zu reisen. Ich wäre sein Sekretär. Doch ich kann kein Englisch. Schade, sonst hätte ich es gewagt. Ich spreche und denke in alle Himmelsrichtungen. Auch ich habe versucht, mir ein wenig Symbolhaftes zu verschaffen, es hat nicht wirklich hingehauen. Ich stehe auf, um mich zu verabschieden, er läßt mich nicht weggehen und beschwört mich, mit ihm zu Mittag zu essen. Ich sage:

– Ich muß meine Familie benachrichtigen.

Er zieht ein Telefon aus seiner Aktentasche und fragt mich nach der Nummer.

– Wir haben kein Telefon. Ich habe es vor drei Jahren beantragt. Keine freien Anschlüsse.

– Ich schicke meinen Fahrer, um deine Frau zu benachrichtigen, daß du verhindert bist.

– Nein, das ist nicht nötig.

Er lädt mich ins Cabestan ein. Der Fisch ist frisch, die Küche leicht und der französische Wein erlesen. Ich esse wie ein Kind. Sobald ich vor einer guten Platte Meeresfrüchte sitze, vergesse ich die Welt und ihre Sorgen, meine Probleme und meine Schmerzen. Wir trinken. Wir lachen. Mehrmals stoßen wir an auf unsere wiedergefundene Freundschaft. Alles ist Freude und Glück. Er spricht nicht mehr von Amerika, und ich habe nicht erwähnt, was mir passiert ist. Er gibt mir mehrere Visitenkarten. Er hat mehrere Telefone, Faxanschlüsse und Adressen. Mit der Hand fügt er eine Telefonnummer hinzu und sagt mir:

– Du kannst mich unter dieser Nummer egal wo und egal wann erreichen. Diese Nummer folgt mir überallhin. Das ist der Fortschritt. Großartig! Es ist eine Geheimnummer, und wenn du zusätzlich diesen Code eingibst, bezahle ich die Verbindung. Also versprich mir, du rufst mich an!

Was hätte ich ihm zu sagen, wenn ich anrufe? Daß ich am Rand eines Abgrunds stehe, daß mich der Selbstmord lockt? Soll ich ihm von meinen Schwierigkeiten und meinen jämmerlichen Szenen mit Hlima und dann mit dem gemeinen H. H. erzählen? Daran ist nicht viel Symbolhaftes! Ich stecke die Karten in meine Tasche. Er weist seinen Fahrer an, mich zu fahren, wohin ich will und zieht sich zum Mittagsschlaf in sein Zimmer zurück.

Ich steige in das schöne Auto, meine Zigarre ist fast aufgeraucht, und bitte den Fahrer, eine Runde über die Strandpromenade zu drehen. Durch den Alkohol und die Zigarre fühle ich mich entrückt, ich schwebe auf einer Wolke, fern von Casablanca und seinen Problemen. Ich bin beschwipst. Ich fühle mich wohl und weiß, daß der Sturz hart sein wird. Wahrscheinlich schnarcht mein Kumpel aus Amerika jetzt vor sich hin, während seine magische Telefonnummer ihm ans Ende eines Traumes folgt, der in den fünfziger Jahren in der Medina spielt, als wir mit Murmeln und Kreiseln spielten. Nach der Rundfahrt am Strand bitte ich den Fahrer, mich in der Rue d'Oran abzusetzen.

Niemand ist zu Hause. Ich schlafe auf dem Sofa ein.

Mein Freund aus Amerika hat nur Zwischenstation gemacht. Jetzt ist er weit weg. Auch ich bin weit von allem, von meiner Arbeit, von meinen Pflichten, von meinem Gewissen und von mir selbst. Ich fühle mich all dem gegenüber fremd. Es ist sehr praktisch, sich selbst ein Fremder zu sein. Wie jener andere Fremde könnte ich am hellichten Tag ein Verbrechen begehen und würde mich deshalb nicht schlechter fühlen. Außer daß meine Mutter noch lebt und erwartet, daß ich sie im alten Haus in der Medina von Fes besuche, wo alles zerbröckelt, wo sich die Steine anhäufen und verwittern. Fes ist eine Wunde. Jedesmal, wenn ich in die Medina gehe, regt sich in mir ein alter Zorn. Die Stadt meiner Kindheit hat einen verunstalteten Körper und eine matte Seele. Sie taugt noch für die Touristen, die sich über einen armseligen Handwerker begeistern, der vorgibt, Kupfer zu bearbeiten. Dort werden Filme über das Mittelalter, jedenfalls über die Vergangenheit gedreht. Ich fühle mich dort genauso fremd wie gerade jetzt. Gott sei Dank ist niemand zu Hause. Ich muß allein sein. Ich wäre jetzt unfähig, mich zu unterhalten oder Fragen zu beantworten. Ich gehe in Karimas Zimmer und suche die Schreibmaschine. Ich finde sie nicht. Auch nicht bei Wassit. Sie ist verschwunden. Vielleicht hat Hlima sie weggeworfen. Da kommt sie gerade mit den Kindern nach Hause. Ich sage nichts, bleibe zusammengekrümmt auf dem Sofa liegen. Die Kinder umarmen mich und gehen auf ihr Zimmer. Hlima sieht mich forschend und beunruhigt an. Sie erklärt mir, daß sie bei der Beschneidungsfeier ihres Neffen waren. Ich schere mich keinen Deut um diese Feier. Ich antworte nicht. Nur keinen Kommentar abgeben. Durch Reden kann ich alles verderben. Ich kann mich nicht immer beherrschen. Manchmal sage ich furchtbare Dinge, die ich nicht wirklich denke. Danach verbringe ich Monate damit, sie zurückzunehmen. Schweigen ist besser. Es ist vorsichtiger und manchmal wirksamer. Ich frage Hlima, wo die Schreibmaschine abgeblieben ist. Sie sagt mir, daß sie sie zum Abstützen von Wassits Bett benutzt. Das Bettgestell hat einen Fuß verloren. Sie erinnert mich daran, daß sie völlig verrostet und unbenutzbar ist. Ich gehe in Wassits Zimmer und bücke mich. Auf der Maschine liegt ein altes Larousse-Wörterbuch. Zusammen ergibt das den nötigen Ausgleich für das Bett.

Als ich mich aufrichten will, bemerke ich, wie aus dem Bauch der Maschine kleine Papierschnipsel voller Wörter quellen. Ich sehe näher hin und bemerke, daß sich zwischen dem alten Wörterbuch und der alten Maschine ein Gang in Form eines senkrechten Schlauchs gegraben hat, durch den Buchstaben rinnen, die die Maschine zu Wörtern und sogar Sätzen zusammenstellt. Reine Magie. Sofort setze ich mich auf den Boden und hebe die Schnipsel auf. Man muß eine Reihenfolge einhalten, um Sätze zu bilden: «Die Grillen verfolgen nie die Spur der Tränen...», «China ist nah», «Das Schloß ist auf ein Farnnest gebettet», «Sonnenschein und Regen im Tarbusch des Lehrers»... «Unser Bedürfnis nach Trost ist unersättlich». Ich lächle und lasse die Maschine ihre Geschichten schreiben. Es kommt nicht mehr in Frage, sie zurückzugeben. Jetzt, da die Gegenstände mit uns kommunizieren und uns foppen, kann mir nichts Schwerwiegendes geschehen. Sicher fordern die Kontrolleure die Maschine zurück, weil sie von einem schlauen Geist beseelt ist. Vielleicht wird sie eines Tages richtige Banknoten produzieren; dafür braucht das Wörterbuch nur einen Packen Ziffern hineinzuschütten. Die Maschine mit den goldenen Lettern.

Plötzlich überkommt mich eine ungewöhnliche Schläfrigkeit. Ich muß mich einige Stunden aus dem Verkehr ziehen, so weit wie möglich wegfahren, mich nicht umdrehen, um zu überprüfen, ob man mir folgt. Ich falle um vor Müdigkeit und Erschöpfung. Man könnte meinen, das paßte mir in den Kram. Ich bin nicht da. Ich bin nicht verantwortlich. Der, den Sie hier sehen, ist nicht ich. Es ist niemand. Es ist einfach, niemand zu sein. Man braucht nur nach Kairo oder nach Kalkutta zu fahren und mit der Menge zu verschmelzen. Dort werde ich ein verlorener Fremder, ein Mensch unter Millionen Menschen, ein bedeutungsloses Wesen sein. Ich könnte mich mit der Schreibmaschine unter dem Arm in Kalkutta verlieren. Die Leute würden glauben, ich sei ein öffentlicher Schreiber auf Reisen, ein Journalist auf Reportage. Sie würden mir nichts sagen. Sie ließen mich in Frieden in einer Straßenecke verrecken. Ich wäre weder der erste noch der letzte. Ein alter gelber Lastwagen würde meine Leiche aufnehmen und sie mit so vielen anderen in ein Massengrab schütten; mein Arm würde immer noch die Schreibmaschine umklammern, das Objekt meines Unglücks und meiner Erlösung.

Ich werde mich den kleinen Chefs stellen müssen, ihre Fragen beantworten, so tun, als hörte ich ihnen zu und ihre Sarkasmen und Boshaftigkeiten über mich ergehen lassen. Ich weiß nicht, ob man mich vor den Disziplinarrat oder vor Gericht stellen wird. Das hängt von der Chefetage ab. Ich versinke in Hintergedanken. Das weiß ich. Es ist offensichtlich. Ich war schon immer hintendran aufgrund meiner manischen Ehrlichkeit. Doch was will die Chefetage? Beweisen, daß sie unbescholten ist und die staatsschädigenden Diebe verfolgt und bestraft? Ich kann ihnen noch so oft erklären, daß ich diese nicht mehr benutzbare Maschine nur ausgeliehen hatte, daß sie sich sogar bei mir bedanken müßten, da sie den Durchgang im Flur behinderte. Wie oft ist H. H. darüber gestolpert! Einmal hat er sogar den Zeh zwischen dem A und dem Z eingequetscht. Die Buchstaben haben ihn gebissen. Dazu muß man wissen, daß er der Maschine einen Tritt versetzen wollte. Kehren wir zu den versteckten Gedankengängen der Chefetage zurück: Meine Anwesenheit in diesem Amt ist nicht im Sinne des Gemeinderats der Wilaya. Ich bin kein moderner Mensch, ich gehe nicht mit der Zeit, und ich hindere meine Umgebung daran, die Epoche und ihre Vorteile auszunutzen. Ich bin derjenige, der das reibungslose Funktionieren der Maschine behindert. Deshalb nennt man mich anscheinend «Sandkorn». Mich auch. Genau wie meinen Freund aus Tanger. Doch wo bleibt da die Gerechtigkeit? Heute beschuldigt man mich eben gerade im Namen der Justiz der Veruntreuung öffentlichen Eigentums! Wenn ich Najia erkläre, daß mich der Staat wegen einer alten Schreibmaschine verfolgt, wird sie mir nicht glauben. Sie wird behaupten, daß ich lüge, um die wirkliche Beschuldigung zu verbergen: Beamtenbestechung. Auch ich hätte das gleiche gedacht wie sie. Doch dem ist nicht so. Am besten rede ich mit ihr darüber. Sofort. Auf der Stelle. Eine Art irrer Ungeduld bohrt in mir. Ich stecke den Kopf unter den Kaltwasserhahn und bewege mich nicht mehr. Einige Minuten lang. Als ich klein war, glaubte ich beim Kopfwaschen auch meine Gedanken zu waschen. Mit dem Haarwaschmittel mußten die schlechten Gedanken und die finsteren Grübeleien davonschwimmen. Ich war davon überzeugt und fühlte mich nachher immer besser. Heute spüre ich gerne die Kühle des Wassers in meinem Haar, und ich denke daran, daß nichts und niemand die Dinge aus meinem Kopf vertreiben kann, mit denen er vollgestopft ist und durch die er schwer zu tragen ist. Ich treffe Najia an, die ihre Tochter bei den Hausaufgaben beaufsichtigt. Ich unterbreche sie nicht, lasse mich im Wohnzimmer nieder und lese Zeitung. Sie ist zum Verzweifeln schlecht geschrieben. Ich gehe innen die Rubrik Vermischtes durch. Schließlich fällt mein Fall darunter. Er ist weder politisch noch kriminell. Was ist es denn eigentlich? Ein geringfügiges Vergehen? Unterschlagung? Veruntreuung? Korruption? Eher noch «Vergeltung». Leider gibt es diese Rubrik nicht. Dabei könnte sie eine große Anzahl Fälle beherbergen! Man müßte eine Zeitung für die kleine unbescholtene Minderheit herausgeben! Sie hat es verdient. Denn es reicht nicht aus, ehrlich zu sein; man muß auch noch ständig beweisen, daß man nicht stiehlt. Wir sollten uns in einer Gewerkschaft oder Körperschaft zusammenschließen, um unsere Unerbittlichkeit und unsere Ehre zu verteidigen. Doch sie wären fähig, die Bewegung zu unterwandern und uns einen Kassenwart ernennen zu lassen, der zu guter Letzt mit der Kasse abhauen würde! Eine weitere Abartigkeit.

Ich erinnere mich an den Tag, als Diebe während unserer Abwesenheit in unser Haus eingedrungen waren. Sie hatten die Fenstergitter durchgesägt und dann die Scheiben eingeschlagen. Sie nahmen den Schmuck meiner Mutter, einen Radioapparat, einen Kronleuchter, das Telefon und sogar ein paar Aschenbecher mit. Als mein Vater zur Polizei ging, um Anzeige zu erstatten, hielt man ihn stundenlang auf der Wache fest. Die vorbeigehenden Leute sahen ihn auf einer Bank im Flur sitzen, bekamen Mitleid und versicherten ihm: «Gott ist gnädig!» Als er endlich vom diensthabenden Beamten empfangen wurde, stellte man ihm Fragen über sein Leben, sein Geschäft, seine Kinder, zu allem, was ihn betraf, nur nicht zum Diebstahl. Er erhob sich, hielt es für angebracht, die Polizeibeamten darauf aufmerksam zu machen, daß es sich hier um einen Irrtum handelte, daß er nicht der Dieb, sondern der Bestohlene sei und ging. Die Klage wurde nicht aufgenommen. Als er nach Hause kam, sagte er uns: «In diesem Land werden die Diebe beschützt, die Bestochenen ermutigt und die ehrbaren Leute bedroht!»

Ich werfe die Zeitung hin. Najia sieht mich lächelnd an. Sie ist gut. Sie hat es geschafft, ihr schwieriges Leben ins Lot zu bringen. Ich bewundere sie. Ob ich sie liebe, weiß ich nicht. Sie gibt mir Frieden, auch wenn sie mich manchmal aufrüttelt. Ich denke auch an Hlima und an ihre kleinliche Berechnung und ihre Engherzigkeit.

Ich stelle mir vor. Ich stelle sie mir vor. Das ist mein größtes Talent. Mir etwas vorstellen, bis ich den Schmerz der anderen empfinde, ihn mir aneigne, meine eigenen Tränen darüber vergieße und mich erneut erhebe, wie ein Kind nach einem bösen Sturz. Ich stelle mir Hlima ohne mich vor, endgültig von diesem Ehemann befreit, auf den sie nicht stolz sein konnte und der ihr nicht alle Schauspiele der Welt zu Füßen legte. Ich sehe, wie sie den Schrank aussortiert, meine alten am Kragen abgewetzten Hemden, meine zwei Anzüge, meine altmodischen Krawatten und meine mehrmals gestopften Socken in einen Wäschekorb wirft. Ich stelle mir vor, wie sie alles aus den Schubladen räumt, das sie an meine Existenz erinnern könnte. Ich stelle sie mir müde vor, weinend, sie hat den Kopf auf den Nähmaschinentisch gelegt und flucht auf das Leben, auf das Schicksal, das sie in die Arme eines wackeren armen Mannes ohne Ehrgeiz getrieben hat. Ich stelle mir vor, wie sie den Kindern die wüstesten Geschichten erzählt, von der Art: «Er ist einer Hexe in die Falle gegangen, die ihn von euch und mir fernhält... Heute ist er darauf angewiesen, am Ausgang der Moschee um Almosen zu bitten. Euer Vater ist ein unverantwortlicher Mensch. Er hat uns verlassen, um einer Prostituierten zu folgen, die ihm einen bösen Zaubertrank eingeflößt hat. Er hat sein Gedächtnis verloren und erkennt niemanden mehr. Er hat alles verloren, seine Arbeit, seine Ehre und seine Würde. Er ist gestorben. Sagen wir einfach, es ist besser, wenn er für uns gestorben ist. Selbst wenn er zurückkommt, wird er ein anderer Mensch sein. Glücklicherweise versorgt uns meine Mutter mit dem Nötigsten...»

Ich stelle mir vor, wie sie den Teil des Fotos, auf dem ich an ihrer Seite abgebildet bin, mit schwarzem Tuch verhüllt. Ich stelle mir vor, wie sie die Laken wechselt, um meinen Geruch zu verbannen, wie sie glückliche Erinnerungen ummodelt. Ich rede, als befände ich mich bereits auf der anderen Seite. Ich rede und vertreibe die Bilder, die ich zu deutlich sehe, um an ihnen zweifeln zu können. Ich stelle mir vor, wie meine

Schwiegermutter einen Seufzer der Erleichterung ausstößt und im Geiste nachrechnet, wieviel sie diese plötzliche Abwesenheit kosten wird. Ich sehe, wie sie mit ihren Schwiegersöhnen darüber spricht, die lieber Karten spielen und gleichzeitig so tun, als hörten sie ihr zu. Ihr Leben ist geregelt. Einfach und wirkungsvoll. Verdorben und sorglos. Selbstsüchtig und glücklich. Sie sprechen von den sinkenden Immobilienpreisen und von der Stabilität des Dirham. Sie sprechen von Europa und verstehen den Wahnsinn nicht, der sich der italienischen Justiz bemächtigt hat. Alle diese der Korruption beschuldigten und festgenommenen Industriellen und diese Politiker! Das ist ja reiner Selbstmord, sagt der eine. Reiner Bluff, entgegnet der andere. Ich stelle mir vor, daß sie sich wohl fühlen in ihren Körpern, die sie mit allen zur Verfügung stehenden Mitteln pflegen. Für sie existiere ich gar nicht. Ich gehöre nicht zur Familie. Ich bin nur der Mann von Hlima, die eine Jugendsünde begangen hat und nun dafür bezahlen muß. Das ist alles. Sie wissen nicht einmal, wo ich arbeite oder was ich treibe. Ich bin ein armseliger kleiner Angestellter, der nicht in ihr Blickfeld eindringt. Was täte ich auch in diesem tollen Blickfeld? Tennis spielen oder Golf, Bälle aufheben, den Rasen säubern, Getränke servieren, auf Autos aufpassen? Am Ende werden sie mir jenen gelblich kupfernen Anstekker schenken, den die Parkwächter an ihre grauen Schürzen heften, um sich von den unregistrierten Bettlern zu unterscheiden, von jenen, die die Hand egal wo egal wem hinstrecken. Ja, wenn sie etwas Gutes tun, wie sie sagen, lassen sie es alle Welt wissen. Andere demütigen ist etwas Natürliches, Selbstverständliches, sie werden sich doch wohl nicht aufhalten lassen von der Situation eines unbedeutenden Mannes, eines Mannes, der wie ein verletztes Tier denkt, handelt, sich irrt und abstürzt. Alles ist bereits vor langer Zeit von ihnen oder von ihren Erzeugern vorgegeben worden. Zuerst Vorsorge treffen, sich schützen, sich den Rücken freihalten, und dann kann man von Zeit zu Zeit nach rechts oder links schauen, unten aus der Tasche eine kleine Münze herauskramen und sie dem Mann am Boden geben. Es gibt genügend unbedeutende Menschen. Sie verstopfen die Bürgersteige und die Gehwege. Geben aus Angst vor dem Gebet, das zum Himmel gerichtet ist, aus Angst, eines Tages auf einer Bank im Regen und in der Kälte zu landen, an einem Tag, an dem das Leben kein Leben mehr ist, an einem Tag, an dem ein Sandkorn ins Getriebe gerät, aus Angst, sich in die Kohorte der Leichen einreihen zu müssen, deren Leichentücher von den Ratten zerfressen wurden und die bis in die Unendlichkeit auf das Jüngste Gericht warten. Sie sehen sich aufeinander geworfen wie Mehlsäcke, seelenlos, aber mit offenen Augen und Ohren. Da geben sie, sprechen zwei oder drei Gebete und gehen ihres Weges. Ich schaue sie an. Einfach nur das. Und ich sehe über das Gezeigte hinaus. Manchmal habe ich eine Vorahnung. Eine Vorstellung. Ich erfinde so wenig.

Brauche ich einen Spiegel, um zu sehen, was auf mich zukommt? Alles ist möglich. Hlima könnte ihre Haltung ändern und mich stürmisch und wütend verteidigen. Sie könnte nur dieses eine Mal die richtige Rechnung machen, die richtigen Worte sagen, die ersehnte Geste tun. Sie, die Melodramen im Fernsehen liebt, könnte eines leben, um ihren zu Unrecht angeklagten Ehemann zu retten. Wessen bezichtigt man mich eigentlich? Der «Veruntreuung öffentlichen Eigentums»! Ich habe eine alte, völlig verrostete, von Spinnennetzen überzogene Schreibmaschine ausgeliehen. Ist das öffentliches Eigentum?

Verwaltungstechnisch ja. Diese Maschine wird in der Inventarliste aufgeführt, auf Seite 32 des großen Materialhefts. Da ist alles aufgelistet, selbst die Heftklammern, die Bleistiftspitzer, die Löschblätter. Es stimmt, daß ich diese Maschine ausgeliehen habe (ohne die Absicht, sie zu behalten!), denn sie war zu nichts nütze und stand im Wege. Dann habe ich ihre Existenz vergessen. Karima hat sie nicht benutzt, die Tasten waren eingerostet. Sie hat mit diesem Gegenstand gespielt, bis sie genug davon hatte. Doch die Richter würden sich nicht um alle diese Einzelheiten scheren, die meine Situation nur noch verschlimmern könnten.

Alle Welt weiß, daß das nicht der wahre Grund ist. Zwanzig Jahre lang habe ich Widerstand geleistet, alleine und mit aller Kraft gegen die Korruption und ihre Verlockungen gekämpft. Ich habe meiner Familie ein Leben in Armut aufgezwungen. Wir haben alle darunter gelitten, doch wir hatten ein reines Gewissen. Zweimal habe ich nachgegeben. Zweimal habe ich eine Kommission eingestrichen. Ich habe Schmiergeld angefaßt, und mich haben die weißen Flecken befallen. Heute zeigen diese Flecken eine Tendenz zum Verschwinden. Dieses Geld hat mir die Finger verbrannt. Es hat mein Leben verwüstet, meine Illusionen zerstört, mir den Schlaf geraubt. Und jetzt verfolgt man mich wegen einer Geringfügigkeit!

Ich stelle mir den Amtsleiter und H. H. vor, wie sie

einen Whisky schlürfen und über den wackeren Mourad reden, den man auf frischer Tat beim Stehlen von Büromaterial ertappt hat. Ich sehe, wie sie ihre Krawattenknoten lockern, es sich gemütlich machen und zwei Mädchen zu sich bestellen, um sich mit ihnen einen Pornofilm anzusehen. Sie organisieren ihre kleinen Orgien in H. H.s komfortabler Junggesellenwohnung. Einmal hat er mich dorthin mitgenommen, damit ich einen Eindruck von dem bekäme, was ich mir entgehen ließ, was ich mir alles leisten könnte, wenn ich biegsamer, lösungsfreudiger wäre. Am Boden lagen zwei oder drei Pornohefte, und auf dem Nachttisch ein Bündel Hundertdirhamscheine. Ich stelle mir vor, wie sie in dieser Wohnung in aller Seelenruhe Unzucht treiben, hinter Wänden, die mit Kork gepolstert sind, um die Nachbarn nicht zu stören.

Sie haben Geschäfte gemacht und sich bereichert. Doch sie hätten sich noch mehr bereichern können, wenn ich nicht dagewesen wäre und ihnen den Weg verperrt hätte. Schließlich haben sie das Sandkorn ausgeschaltet. Doch ihr Ziel war, es endgültig auszuschalten. Deshalb die Schreibmaschinenaffäre. Ich könnte dem Richter alles erzählen. Doch ich habe keine Beweise, und sie würden mich wegen Rufmord belangen. Was riskiere ich schon? Ein paar Monate Gefängnis mit Bewährung? Einen Tadel von der Verwaltung? Kaltstellung, Entlassung, Verbannung, den Verlust meiner staatsbürgerlichen Rechte, was hieße, daß ich mich weder zur Wahl aufstellen noch wählen könnte? Dieser ganze Katalog könnte sich zum von der Justiz und den Drahtziehern bestimmten Zeitpunkt gegen mich verbünden. Ich stelle mir vor, wie diese Maschinerie ins

Rollen kommt und sich in meine Richtung bewegt, um mich zu zermalmen. Ich stelle mir das alles vor, und noch viel mehr, wenn ich hier sitzen bleibe, nichts tue und abwarte, bis die Falle über mir zuschnappt. Am Abend erzähle ich Najia alles. Am Ende seufzt sie und sagt:

– Es reicht nicht, unschuldig zu sein; es reicht auch nicht, recht zu haben. Das Gesetz wird nie in seiner ganzen Konsequenz angewendet. Deine Geschichte ist nur interessant, wenn sie dazu dient, Bestechende und Bestochene hineinzuverwickeln. Du warst ein Element in diesem Ränkespiel. Du könntest das Geld zurückerstatten und der Korruption in diesem Land den Prozeß machen. Doch dafür braucht man breite, stabile Schultern, man muß zu mehreren sein, man muß . . ., man muß . . . Doch niemand hört auf unsere Stimme, sie trägt nicht sehr weit. Wir haben nicht die Statur, uns mit diesen kalten, zynischen Ungeheuern zu schlagen, die imstande sind, uns mit gewaltigen Lachsalven zu erschlagen.

Dann erzählte ich ihr die Liebesgeschichte von Olivetti und Larousse. Sie lacht. Sie findet, daß das eine zu jeder Magie fähige Mischehe ist. Sie schlägt mir vor, der Maschine meine Unbill anzuvertrauen; sie ist sicher, daß sie daraus eine Mär vom Elend und der Ungerechtigkeit unserer Zeit weben würde. Ich denke darüber nach und glaube daran. Schließlich trägt diese Maschine die Last des Bettes und des Wörterbuchs, vor allem die gewaltige Last der französischen Sprache, und daher ist sie fähig, uns den Schlüssel zu liefern, um aus dieser Sackgasse zu entkommen. Ich muß es versuchen, sehen, was sie seit gestern ausgespuckt hat. Vielleicht macht sie Wassits Hausaufgaben.

Die Liebesgeschichte von Olivetti und Larousse ist mein geheimer Garten, meine Freude, meine Phantasie und meine Zerstreuung. Seit ich diese Beziehung entdeckt habe, schließe ich mich jeden Tag in Wassits Zimmer ein, setze mich auf den Boden und warte darauf, die nächtliche Schreibproduktion dieser beiden Gegenstände zu lesen. Anfangs waren die Sätze verworren. Wörter reihten sich aneinander und ergaben am Ende oft unverständliche Äußerungen. Von Zeit zu Zeit entwand sich ein Buchtitel dem Bauch der Maschine. Ich hob diese Worte auf, klebte sie zu einem kleinen Gedicht zusammen:

Das Lachen ist grausam
Wenn die Seele aus Leiden besteht
Wenn das Begehren ungeduldig ist
Und der Himmel höhnisch . . .

Bevor ich das Zimmer verließ, schob ich ein weißes Blatt in die Maschine und überprüfte ihre Funktionsfähigkeit. Niemand kannte dieses Geheimnis. Oft sage ich mir, daß man seltsame Begebenheiten, wenn sie geschehen, einfach so aufnehmen soll, ohne alles erklären zu wollen. Ich weiß, daß Intelligenz im Nichtverstehen der Welt besteht, sie ist die Fähigkeit zu staunen und zu entdecken, daß die Vielschichtigkeit das Dunkel nicht erklärt. Diejenigen, die absolute Klarheit verlangen, irren sich oder hegen Illusionen.

Im Augenblick erträume ich mir die Welt, da ich sie ja nicht verändern kann. Träumen heißt, unpassende Dinge und Wesen zusammenbringen und auf dieser Grundlage eine alltägliche oder außergewöhnliche Geschichte zusammenspinnen. Ich folge dabei nur einem Gedanken Schopenhauers, für den das Leben und die Träume Seiten ein und desselben Buches sind; diese Seiten in der Reihenfolge lesen, heißt leben; sie durcheinander lesen, heißt träumen.

Lange Zeit wollte ich die Ordnung der Dinge einhalten. Nunmehr vertraue ich dank der Geschichte von Olivetti und Larousse eher auf die Unordnung und den Traum.

Plötzlich überkommt mich eine kleine Sehnsucht nach der ruhigen Langeweile jener Feiertage, an denen ich es als einziger nicht amüsant fand, zur Erinnerung an Abrahams Bereitschaft, seinen Sohn zu opfern, ein Schaf zu schlachten. Bei meinen Eltern hing eine naive Zeichnung, auf der man einen Engel vom Himmel herunterschweben sieht. Mit einem Lamm in den Armen wendet er sich an Abraham, einen bärtigen Greis, der das Messer ganz dicht an den Hals eines unglücklichen Jugendlichen hält... Es war nichts Komisches an dieser Szene außer diesem Engel, weder Mann noch Frau, der durch den Himmel fliegt, ähnlich wie später im Kino Superman, der fliegt, um die Witwen und Waisen zu rächen. Die ruhige Langeweile ist ein geistiger und körperlicher Zustand, der einer Art Versöhnlichkeit entspricht, wenn weder etwas zu tun noch zu beweisen ist. Alles geschieht im Zeitlupentempo, während die anderen herumhasten, lachen, lautstark reden, zuviel Essen hinunterschlingen, glücklich sind zusammenzusein, sich beglückwünschen, sich lieben, sich hassen und dann vorgeben, durch ihre bloße Anwesenheit zum kollektiven Glück beizutragen.

Als Kind zog ich mich auf die Terrasse zurück und kümmerte mich um die Seidenwürmer, die ich in einer Schuhschachtel züchtete. Der Lärm und das Stimmengewirr des Festes wehten aus den Höfen und Patios empor, leichter gemacht und sogar verändert. Dann langweilte ich mich in aller Ruhe und gab mich unbedeutenden Träumereien hin.

Warum habe ich heute diese Sehnsucht? Ich möchte wieder zu diesem Kind auf der Terrasse werden, das sich in seine Welt zurückzieht, in die es niemand verfolgen kann. Wir alle brauchen eine kleine Ecke auf der Terrasse der Kindheit, dort wo man unerreichbar ist, ein wenig, als sei man gestorben.

Najia rät mir, nach Hause zu gehen und mit meiner Frau zu sprechen. Ich weiß, daß sie recht hat. Ich weiß auch, daß es nichts nützt. Zwischen Hlima und mir treffen die Worte schon lange nicht mehr aufeinander. Ein kleiner Krieg ist zum Dauerzustand geworden und unterhöhlt unsere Beziehungen. Wie oft verspürte ich den Drang, sie zu erwürgen. Jedesmal habe ich mich zurückgehalten. Eheliche Verbrechen werden übrigens oft von Schwächlingen begangen. Ich weiß, daß ich etwas schwach bin, doch ich leiste Widerstand. Wenn sie spricht, brüllt sie. Wenn sie sich verteidigt, greift sie zurück auf den schlechten Willen, die Lüge und die Vulgarität. Das alles kommt von ihrer mangelnden Erziehung. Ihre Mutter hat sie mit einem einzigen Ziel erzogen: ihre Eigensucht zu befriedigen und die Schwachen zu erdrücken. Es drängt mich nicht, mit ihr zu reden. Gleichgültigkeit ist meine einzige Verteidigung. Ich werde ihre Abwesenheit nutzen, um die Botschaften der Schreibmaschine zu lesen oder zu entzif-

grausames Fasten, der Ruhm eine Marter, die Finsternis eine Plage und die Gewohnheit eine unvermeidbare Pest, die jegliche Sinnenlust abstumpft, jedoch die Spitzen des Schmerzes schärft und vergiftet. Ich höre jetzt noch ihr fettes, nervöses Lachen. Zu ihrer Verteidigung zitierte sie die in der Tat wirklichkeitsnahen Gedanken ihrer Mutter: «Im Leben gibt es keinen Platz für die Schwachen, kein Erbarmen mit den Armen, die durch ihre eigene Schuld arm sind. Im Leben muß man sich durchsetzen können. Kein Erbarmen mit dem Zauderer, keine Zeit zu verlieren mit jenen, die philosophieren oder Gedichte schreiben. Das Leben ist hart, und man muß hart sein. Leider bin ich nicht hart genug. Du tust mir leid mit deiner Armer-Augustin-Miene. Es ist mein Fehler, daß ich Mitleid habe. Männer wie du blieben besser allein. Sie verschwänden, und man würde es nicht einmal merken. Im übrigen macht es nicht den geringsten Unterschied, ob du da bist oder nicht. Du hast studiert, hast Diplome, eine Büchersammlung, um die du dich mehr kümmerst als um deine Kinder, und du arbeitest in einem Büro, in dem dein Stellvertreter die Geschäfte macht. Du unterschreibst nur, und er steckt die Kommissionen in seine Tasche, baut eine schöne Villa, bietet seiner Frau und seinen Kindern Ferienreisen ...»

Ich mag ihre Stimme nicht. Ich weiß nicht, wie ich sie beschreiben soll. Eine rauhe Stimme? Nein. Sie ist mal scharf, mal bedeckt. Merkwürdig, eine Stimme, die knarrt, kratzt und in den Ohren weh tut. Sie tut auch meiner Haut weh. Die Stimme wird von dem beeinflußt, was sie transportiert. Sie ist genauso unangenehm wie die von ihr ausgesprochenen Gedanken. Sie kennt keine Harmonie. Es ist eine Stimme, die ihrem Temperament absolut entspricht. Doch was für ein Temperament hat Hlima? Lange Zeit habe ich mir verboten, diese Frage zu stellen. Wozu soll man sich über etwas den Kopf zerbrechen, das man von Anfang an als schlecht oder katastrophal erkannt hat? Es nutzt nichts, die Leute auf ihre Fehler oder schlechten Seiten aufmerksam zu machen. Für sie ist Veränderung die schlimmste der Foltern. Niemand ist bereit, sich zu ändern. Ich sehe nicht, wie Hlima eines Tages aufwachen könnte mit dem festen Entschluß, ihr Benehmen und vor allem ihr Denken zu ändern. Das Mittelmaß ist ein bequemes Bett, an das man sich sehr schnell gewöhnt. Man träumt schön darin und hält sich für besser und stärker als die anderen. Hlima hat den falschen Mann geheiratet und schäumt vor Wut. Ich habe die falsche Frau geheiratet, das falsche Leben gewählt. Natürlich habe ich an Selbstmord gedacht. Ich habe keine Entschuldigung dafür, daß ich mich nicht umgebracht habe. Wenn ich an den Freitod denke, dann behauptet sich mein Wille, anders zu leben. Ich finde die mir auferlegten Lebensbedingungen unwürdig, und wenn ich die Möglichkeit erwäge, diesen Körper zu zerstören, gebe ich nicht den Drang zum Leben auf, sondern den Drang zu dem Leben, das Hlima vorzieht und das mein Stellvertreter und mein Vorgesetzter verkörpern. Doch sind sie es wert, so ernst genommen zu werden, daß man aufgrund der Zersetzungsgerüche ihrer Mittelmäßigkeit sterben sollte? Ich weiß es und wiederhole es gerne: Das Vergnügen ist eine dünne Haut über einem dicken Bodensatz aus bitterer Hefe. Wozu soll man da die anderen verändern wollen?

Ich denke an Nadia, das Mädchen mit dem Glasauge. Ich denke an jene seltsame Begegnung, die mich an eine Szene aus einem französischen Schwarzweißfilm der fünfziger Jahre erinnert. Im Leben dieser Frau gibt es eine verborgene Not.

Ich denke an sie wie an einen weiblichen Doppelgänger. Unsere Wunden sind verschieden, doch unsere Leiden ziehen in der Seele die gleiche Furche. Wenn sie liebt, schließt sie die Augen und gibt sich langsam und sanft hin. Sie schmiegt sich gerne an mich und weint still. Sie zieht das Streicheln dem Eindringen vor. Sie sagt mir: «Streichle mich so lange wie möglich, bis deine Hände und deine Haut müde werden. Streichle mich langsam, ich brauche das so sehr, du bist verwundet wie ich, höre nicht auf, erwecke meine Haut zum Leben, verschaffe meinen Lungen Luft. Dieser Körper gehört dir. Mache ihn glücklich. Deine Hände sind sanft und fest. Laß deinen Körper eine Pause, einen ruhigen Augenblick lang auf dem meinen. Laß deinen Penis zwischen meinen Hinterbacken. Bewege dich nicht. Laß ihn sich aufwärmen. Lege deine Lippen in meinen Nacken. Ich gehöre dir. Sei sanft zu meinem Rücken. Denke nicht an dein Leben. Tu es wie ich, leere deinen Geist von allem, was ihn belastet. Wir sind Freunde, weil wir ähnlich und verschieden sind. Ich bin von den Männern gedemütigt worden, und lange Zeit habe ich jeden Kontakt mit ihnen abgelehnt. Ich habe seit mehr als einem Jahr keinen Geschlechtsverkehr mehr gehabt. Glücklicherweise gewöhnt man sich daran und verliert selbst die Erinnerung an die Lust. Ich sage dir alles so, wie ich zu mir selbst spreche. Es ist vorgekommen, daß ich mich gestreichelt habe, und ich verspürte eine mit Scham vermischte Lust. Streichle mich, gib mir Lust und nur Lust. Anschließend werde ich mich auf dich legen, du wirst die Augen schließen, und mein Mund wird über deinen ganzen Körper wandern. Danach werde ich deinen Samen empfangen und neben dir einschlafen. Du wirst vorsichtig aufstehen, ohne mich zu wecken, und verschwinden wie ein Traum, den die Nacht dem Tag schenkt.»

Die Korruption hat mein Leben durcheinandergebracht; durch sie habe ich Nadia kennengelernt, durch sie bin ich in die Arme meiner Kusine gesunken und durch sie sehe ich Hlima und ihre Umgebung endgültig mit klarem Blick. Worüber soll ich mich beklagen? Man verdächtigt mich nicht einmal, Schmiergeld bekommen zu haben. Es geht nur um die alte Schreibmaschine. Vielleicht ist es schwerwiegender, Büromaterial zu stehlen – oder wie in meinem Fall auszuleihen –, als unter der Hand eine Kommission auf eine Aktenunterschrift zu kassieren. So habe ich herausgefunden, daß H. H. jahrelang meine Unterschrift zu Geld gemacht hat. Er verhandelte mit den Unternehmern über einen Preis, während ich auf Ehre und Gewissen unterschrieb. Ich verstehe, daß er auf diesen Mittelsmann verzichten will. Seine Abartigkeit hat ihr Ziel erreicht: Es ist ihm gelungen, mich zum Nachgeben zu bringen. Dazu muß man sagen, daß Hlima und ihre Mutter gleichzeitig Druck gemacht haben. Ich habe Geld eingestrichen. Zweimal habe ich in den verbotenen Apfel gebissen. Es hat mir ein wenig Genuß bereitet, dann befielen mich Gewissensbisse. Ich habe versucht, eine Kehrtwendung zu machen, und da hat die Falle zugeschnappt. Die Geschichte mit der Schreibmaschine hat keinerlei Bedeutung. Ein Vorwand. Ein Symbol. Ein Zeichen. Ich kann sie nicht einmal zurückgeben. Wenn ich ihnen erzähle, was zwischen ihr und Larousse vorgeht, werden sie mich für verrückt erklären. Ich behalte sie für mich, für meine Ausflüge in die Phantasie. Was wird man mir antun? Wenn ich dicke Kommissionen eingestrichen hätte, wäre aus mir ein achtbarer Mann geworden. Doch selbst als Bestochener bin ich klein geblieben, und die Kleinen kommen unter die Räder.

Wenn ich ins Gefängnis muß, nehme ich Olivetti und Larousse mit. Ich werde ihnen meine Geschichte erzählen, und sie werden sie aufschreiben. Ich bin sicher, sie werden daraus einen ungewöhnlichen Roman machen. Es geht jetzt nur darum, meine Situation zu klären.

MEINE GESCHICHTE ist nicht zu Ende. Ich kenne das Ende eigentlich nicht. Ich schreibe die Dinge nach und nach auf, wie sie geschehen. Deswegen erzähle ich im Präsens. Vielleicht nehmen die Ereignisse beim Schreiben eine unvorhergesehene Wendung, vielleicht beeinflussen die Wörter sogar das Geschehen. Wenn ich am Ende dieser Geschichte ein freier Mann bin, werde ich das der Liga der Wörter verdanken. Im Augenblick warte ich ab. Ich darf nicht in mein Büro zurück und auch nicht außer Landes. Um das Land zu verlassen, braucht man sowieso die Genehmigung des Amtsleiters. Man jagt mir Angst ein. Man prüft mich. Es ist ein von H. H. inszeniertes abgekartetes Spiel. Ich bin gutgläubig. Jetzt verstehe ich die Einschüchterungs- und Erpressungstaktik der Bankbeamten. Sie sind seine Freunde, seine Komplizen. Ich verstehe die Geschichte mit der Schreibmaschine. Ich hätte dieses alte nutzlose Ding niemals ausleihen dürfen. H. H. signalisiert mir auf diese Weise: Ich soll mich einreihen, kein Spielverderber mehr sein, mich bereichern und ihm gleichzeitig ermöglichen, das gleiche und mehr anzuhäufen. Andernfalls, wenn ich auf meiner Unbescholtenheit beharre, werde ich dafür bezahlen. Er hat die Mittel dazu.

Ich rühre mich nicht. Ich sitze in einem Sessel, dessen

Sprungfedern sich mir in den Rücken und den Hintern bohren, und ich schaffe es nicht aufzustehen. Das ist die Wirkung der Fernsehbilder. Ich werde das Programmende abwarten. Vielleicht bin ich dann frei. Mit Mühe hebe ich einen Arm. Er fällt hinunter wie ein schwerer Gegenstand. Ich bewege meine Beine genauso mühsam. Ich bin gelähmt. Ich rufe nach Hlima, Karima, Wassit. Die Stimme bleibt mir im Hals stekken. Es ist wie ein Alptraum, wenn man einen Schrei ausstößt und niemand es hört, weil der Schrei nicht herauswill. Ich versuche einen Zigarettenstummel an den Mund zu führen. Unmöglich. Im Fernsehen ist Koranlesung. Meine Augen folgen den über den Bildschirm flimmernden Versen. Es ist die Sure vom gegenseitigen Betrug: «Er ist's, der euch erschaffen hat, und die einen von euch sind ungläubig, die anderen gläubig. Und Allah schaut euer Tun. (...) Diejenigen aber, welche nicht glauben und unsere Zeichen der Lüge zeihen, das sind die Bewohner des Feuers für immerdar.»

Warum kommt Najia mich nicht retten? Warum hört Nadia meine Hilferufe nicht? Befinde ich mich bereits im «Feuer für immerdar»? Es fehlen noch die Flammen.

Programmende. Ich höre die Nationalhymne. Ich versuche, den Arm zum Salutieren zu heben. Unmöglich. Das muß mein wankender Patriotismus sein, der sich jetzt rächt. Ich bin festgenagelt. Es sind keine Bilder mehr zu sehen, nur ungenaue Formen bildende Schraffierungen. Ich sperre die Augen weit auf. Ist da nicht H. H. in seinem grauen Anzug? Ich glaube den Chef, auch im grauen Anzug, zu erkennen. Es sieht aus, als säßen sie zu Gericht. Das sind nur Halluzinationen. Ich bin doch zu Hause und sitze vor dem Fernseher, den ich nicht ausschalten kann. Ich warte auf meine Frau und meine Kinder. Ich warte auf Najia oder Nadia. Ich warte auf egal wen, selbst die Polizei, wenn man mich nur aus diesem Sessel befreit. Ich spüre, wie sich eine Sprungfeder links zwischen zwei Rippen schiebt. Es tut mir weh. Eine andere Sprungfeder stößt rechts zwischen zwei Rippen vor. Ich sitze in der Klemme. Langsam fließt Blut über meinen Bauch, an den Beinen herunter und tropft zu Boden. Mit aller Kraft stemme ich mich auf die Sessellehnen und versuche, mich den Sprungfedern zu entreißen. Fast schaffe ich es, doch dann sinke ich mit verschwitztem Gesicht, abgeschlagen zurück. Woher kommt diese Kraft, die mich zurückhält? Es ist die Angst, die Feigheit, die Armut. Mein ganzes Leben lang habe ich mich herausgehalten, habe die rechte Mitte gesucht, etwas, das jeden zufriedenstellt, die Lauheit, die niemandem weh tut, eine Art beschwichtigenden Konsens, ohne Gewalt, ohne Roheit, ohne Leidenschaft. Es ist mir schon immer schwergefallen, mich zu entschließen, eine Entscheidung zu fällen. Ich mag es, wenn das Leben oder die anderen für mich entscheiden. Ich habe mich so gut ich konnte gegen die Korruption gewehrt, bis zu dem Tag, an dem ich unter dem Druck der anderen nachgegeben habe. Deshalb befinde ich mich heute in dieser Situation. Ich mag weder Konflikte noch Auseinandersetzungen. Ich bin schlicht und einfach friedliebend. Das gebe ich jetzt zu. Ist jetzt Zeit für meine Selbstkritik? Ich bin alleine, verlassen, isoliert. Vielleicht hockt Hlima hinter dem Fenster und wohnt meinem Leiden bei. Doch wo stecken die Kinder? Wassit lernt wohl unter einer Straßenlaterne. Karima schläft wahrscheinlich bei ihrer Großmutter. Ich nehme all das an, um ein wenig Hoffnung zu schöpfen. Ich träume. Doch wie kommt es, daß ich im Traum träume, daß ich mir dabei zusehe, wie ich träume und leide, von grausamen Händen in diesen Sessel gesetzt, von einer unsichtbaren Kraft bis zum Aufkommen der Flammen festgehalten?

Vorhin habe ich die Möglichkeit eines Selbstmords angesprochen. Glücklicherweise bin ich nicht zur Tat geschritten. Auf Selbstmördern lastet die Verdammnis. Ihre Strafe ist nicht nur die Hölle, sondern auch der unendlich wiederholte Selbstmord. Das sagt die Religion. Ich stelle mir mich als wiederauferstandenen Gehängten vor, wie ich die gleichen Gesten wiederhole, einen festen Strick suche, einen Hocker, dann irgendwo einen Haken. Jedesmal hielte mir eine andere Hand den Strick hin. Einmal Hlimas Hand, dann wieder die ihrer Mutter. H. H. brächte mir den Hocker und versicherte mir, er sei stabil. Der Chef zeigte mir, wo der Haken hängt. All diese Hände hülfen mir, auf den Hocker zu steigen, die Schlinge um den Hals zu legen und sie dann an den Nagel zu hängen. Hlima stieße den Hocker mit einem Fußtritt weg. Mit all ihrer Kraft, all ihrer Gewaltsamkeit. Der Strick schnürte mir den Hals zu, und Hlima käme, um den Tod festzustellen. Vorher öffnete sie meinen Hosenlatz und schöbe ihre Hand hinein, um zu überprüfen, ob mein Penis steht, denn man sagt, daß die Gehängten im Augenblick des Todes eine Erektion haben. Am nächsten Tag erlitte ich die gleiche Prüfung mit den gleichen

Darstellern, abgesehen davon, daß H. H. mir den Todesstoß versetzte, unmittelbar, nachdem er vor vom Amtsleiter geführter laufender Kamera Hlima beischliefe.

Nein, die Hölle muß noch viel schlimmer sein. Was den Selbstmord betrifft, so ist das ein Geschenk, das ich weder meiner Frau noch meinen Feinden zu machen gedenke.

In meiner Situation jagt mir alles Angst ein, vor allem die Drohungen der Religion. Ich sehe nicht klar. Es ist weder Zeit zum Zweifeln noch zum Rebellieren.

All das kommt nur von der Erschöpfung. Eine maßlose Ermattung. Ich schließe die Augen und falle in Tiefschlaf. Ich stehe nackt unter einem magischen Mond, schreite über weiße Erde, gefolgt von meinem Schatten, der von Zeit zu Zeit vor mich tritt und zu mir spricht. Ich verstehe nicht alles, was er mir sagt, doch nach seinen Gesten zu urteilen weiß ich, daß er mich vor jemandem oder vor etwas warnen will. Ich sehe eine Spinne vom Mond herabklettern, doch ich habe keine Angst. Ich rücke weiter vor, bis sich mein Schatten vor mich schiebt und mich am Weitergehen hindert. Ich glaube zu wissen, daß es sich um die sich von der Welt ernährende Spinne handelt; einmal im Jahr in einer Vollmondnacht steigt sie herab; sie bemächtigt sich einiger verzweifelter Seelen und entschwindet dann beim ersten Tageslicht. Ich frage mich: Bist du bereit? Mein Schatten antwortet an meiner Stelle und brüllt ein «Nein», das mich aus dem Schlaf reißt.

ICH HABE schon gesagt, daß Hlima eine unangenehme Stimme hat. Ich habe vergessen hinzuzufügen, daß sie laut ist. Sie kann Tote zum Leben erwecken. Aus dem Abgrund meines seltsamen Schlafs höre ich sie. Hlima spricht nicht, sie brüllt. Das ist ihr Wesen, ihre Art, auf der Welt zu sein. Die Stärke ihrer Stimme geht über sie hinaus und verrät sie manchmal. Sie ist es, die mich aus dem Sessel reißt. Sie wirft mich hoch und schleudert mich gegen den Spiegel. Ich bin benommen. Der Schock ist furchtbar. Ich fahre mit der Hand über die Stirn und ertaste eine Beule. Es blutet sogar ein wenig. Ich habe keine Zeit, das Blut abzuwischen. Ein markerschütterndes «Raus!» entfährt ihrem tobenden Mund und wiederholt sich immer lauter. Der Kommentar dazu ist wenig verständlich. Ich kann nur verstehen, daß es sich um die ewige Litanei handelt, in etwa «Nichtsnutz, Elender, armes Würstchen, Last meines Lebens, Klotz am Bein, Null, feiger Hund, mittelloses Nichts, Geizhals, du bist doch der Allerletzte...». Während die Beschimpfungen auf mich niederprasseln, denke ich trotz meines schweren Kopfes und meiner angeschlagenen Glieder an Murnaus Film *Der letzte Mann*, in dem der beeindruckende Emil Jannings spielt, der Professor Unrat aus dem *Blauen Engel*. Die Hauptfigur in diesem Film ist Pförtner in einem großen

Hotel. Eines Tages wird er aus unerfindlichen Gründen entlassen. Da er seiner Frau und seinen Kindern nicht gestehen kann, daß er seine Stelle verloren hat, trägt er weiterhin seine Uniform und verläßt wie vorher jeden Morgen das Haus. Er streicht um das Hotel herum und beobachtet seinen Nachfolger bei der Arbeit. Ich erinnere mich nicht mehr an alles, doch das Bild jenes Mannes, der hinter seiner Würde herläuft, ist mir im Gedächtnis haftengeblieben. Vielleicht werde auch ich so tun, als ob ich ins Büro ginge. Ich hoffe, nicht so weit herunterzukommen. Ich werde nicht der letzte Mann sein, und sei es nur, um meiner Frau nicht recht zu geben oder damit Karima nicht weint. Ich bin lieber draußen, als ihre Fragen beantworten zu müssen. Das Wetter ist mild. Ich gehe auf die breite Allee zu. Vielleicht treffe ich ja Wassit unter einer Straßenlaterne. Es ist noch nicht zu spät. Der Wunsch überkommt mich, immer weiterzugehen, alleine zu sein und vor allem nicht zu sprechen. Ich könnte mir auch ein billiges Zimmer in einem billigen Hotel nehmen, sauber, ohne Stern, ein Hotel namens ‹Terminus›, wie es sie in jeder Stadt mit Eisenbahnanschluß gibt. Doch ich möchte nicht das Geräusch der Zugwagen hören, die die Schienen wechseln. Ich möchte keine Räder kreischen hören, weil ein Stück Metall sich über ein anderes schiebt. Das würde mich sehr stören und mich an die Stimme meiner Gattin erinnern, die in Wirklichkeit nicht mehr meine Gattin ist, aber die immer noch und immer wieder da ist, weil ich schwach bin und nicht jede Verbindung zu ihr kappen konnte. Ich habe Angst vor einer noch größeren, noch offensichtlicheren Demütigung. Meine Ängste entbehren jeder Logik. Sie sind da, streifen um mich herum, fassen mich an der Gurgel und drücken zu, bis mir Stimme und Atem vergehen. Angst ist eine Krankheit, sie vererbt sich vom Vater auf den Sohn. Sie verfolgt mich seit der Grundschule. Wie wütend wäre ich, wenn ich sie zufällig meinem Sohn vererbt hätte. Zur Zeit glaube ich nicht, daß er ängstlich ist. Er ist sogar mutig und einfallsreich. Ein Sohn, dessen Entwicklung ich kaum mitbekommen habe. Er ist schon immer unabhängig gewesen. Ich brauche mir um ihn keine Sorgen zu machen. Wie ich hat er gesunde Zornesausbrüche. Er nimmt die Ungerechtigkeit nicht hin und rebelliert gegen die Demütigung. Er sagt mir, er will für eine bessere Welt kämpfen. Er will sich durchschlagen; er besitzt Wissensdurst, und Freiheit ist seine Leidenschaft. Ich weiß nicht, was er später einmal tun wird. Er spricht davon, für eine internationale Organisation zum Schutz mißhandelter Kinder zu arbeiten. Er sagt, er wird in unserem Viertel mit seiner Arbeit anfangen. Er hat recht. In diesem Land zeugen wir zu viele Kinder und kümmern uns dann so wenig und so schlecht um sie. Ich werde noch ein wenig weitergehen. Wie jede Nacht streiten sich die Katzen um den an den Straßenecken abgeworfenen Müll. Es stinkt. Ein Mann uriniert gegen eine Mauer. Es ist kein Stromer. Er knöpft seinen Hosenlatz zu, steigt wieder auf sein Fahrrad und verschwindet in der Nacht. Der Mann hat bestimmt die Lebensaufgabe, die Steine in diesem Viertel zu begießen. Er macht die Runde in den Straßen. So ist die Stadt, schmutzig und vernachlässigt bei den Armen, sauber und gepflegt in den Villenvierteln. Ein kleines Taxi hält neben mir an. Der Fahrer beugt sich heraus und bietet mir ein Hotelzimmer und ein Mädchen an. Er hält mich für einen Touristen. Ich lehne ab. Er beharrt auf seinem Angebot und erzählt mir, daß das Mädchen Scheherazade heißt und aus *Tausend und Einer Nacht* entsprungen ist. Ich lächle. Er beschreibt sie: Augen so weit wie das Meer, Brüste so schwer wie der Himmel, langes, ellenlanges Haar... Er gibt auf und zieht von dannen. Ich denke weiter an diese Frau. Wie wird sie wohl in Wirklichkeit sein? Beleibt oder einfach nur beliebig?

Mir wird bewußt, daß es in dieser Stadt sehr wenig öffentliche Parks gibt. Die Bäume sind gefällt worden, um Hochhäusern Platz zu machen. Nur die Villen der Immobilienspekulanten sind von Bäumen und Blumen umringt. Am liebsten würde ich mich auf eine Bank setzen und nicht mehr an all das denken. Doch es gibt keine Bank, also gehe ich weiter. Ich bin schon auf der Uferpromenade. Der Wind ist kühl. Das Meeresrauschen tut mir gut. Ich möchte vor den weißen Ozeanwellen eine Zigarette rauchen. Da steht eine Bank, doch mir ist kalt. Die Zigarette ist schnell geraucht. In der Ferne zieht ein Schiff vorbei. Ich nehme meinen Spaziergang wieder auf. Ich bin glücklich, allein zu sein. Plötzlich habe ich das kurze, intensive Gefühl, ein glücklicher Mensch zu sein. Es ist flüchtig. Ich entfliehe der Wirklichkeit. Ich verabschiede mich von allem, das mich zurückhält. Ich vergesse sogar die Gesichter meiner Kinder. Ich bin weit weg. Ich bin ein Fremder. Es ist grausam und zum Himmelhochjauchzen. Was geschieht, betrifft mich nicht mehr. Wie die Sufi-Mystiker habe ich das Gefühl, ‹entsagt› zu haben. Ich fliege. Verschwinde. Ich bin nicht mehr von dieser rohen, mittelmäßigen Welt. Ich stehe darüber. Meine Füße berühren den Boden nicht mehr, und mein Kopf ist bereits in den Wolken. Mein Körper hingegen wird vom Wind davongetragen, umringt von Wörtern und Silben. Ich fühle mich in Sicherheit und brauche nicht mehr auf die Erde hinabzufallen.

Diese Stadt ist voller Echos. Einige sind ständig da, in der Luft, von den Wellen getragen. Ich durchquere sie, höre ihr Pfeifen. Ich pralle gegen eine Mauer aus Echos. Sie ist uralt und hält die Geräusche einer früheren Epoche gefangen.

Hinter den Elendsvierteln der großen Stadt können die Frauen vor den eingelegten Spiegeln beten. Ihre Gebete prallen gegen die Scheibe und fallen dann als Asche auf ihre Knie. Vom Leben kennen sie nur eine verblendete Bestürzung, eine auf Weihrauch begründete Art Gläubigkeit. Von meiner Flughöhe aus höre ich sie und lache. Der Himmel gibt nichts her. Nicht einmal Regen. Der Himmel ist geizig und macht sich lustig über die Gesichter, die sich ihm zuwenden! Welch eine Bürde, so klarsichtig zu sein, daß man unerhoffte Begründungen für die Häßlichkeit der Gesellschaft findet. Häßliches Jahrhundert, häßliche Menschen, häßlicher Tod.

Ist es die Nacht, die mich von der stärksten Existenzangst befreit, oder ist es der Tod, der eine schwere Last von mir nimmt?

Ich spüre, daß ich wieder mit den Füßen auf den Boden muß. Der Morgen graut. Das Licht ist sanft. Es ist ein wenig kalt. Ich gehe zu Najia, um mich zu waschen. Sie schläft noch. Ich steige durch das halboffene Fenster ein. Ich störe niemanden. Ich nehme eine siedendheiße, dann eine kalte Dusche. Ich fühle mich ganz neu, ein anderer Mensch. Ich betrachte mich im Spiegel und erkenne mich kaum wieder. Die weißen Flecken sind aus dem Gesicht verschwunden. Übrig sind nur noch ein paar unter den Armen. Es war ein auf einen Schock folgendes Warnsignal. Nunmehr habe ich alles aufgefangen, den Schock und die Prüfung. Ich wühle in Najias Schrank, in dem sie die Kleidung ihres Mannes aufbewahrt. Ich leihe mir einen schönen Anzug aus, ein weißes Hemd und eine prachtvolle Krawatte. Ich verleihe mir eine völlig andere Miene. Putze meine Schuhe. Ich schlage *Das Sein und das Nichts* auf und entnehme die restlichen Banknoten. Ich mache Kaffee und trage ihn Najia ans Bett. Sie ist überrascht, mich in den Kleidern ihres Mannes zu sehen. Zuerst hat sie Angst, dann lächelt sie. Sie will wissen, wie ich hereingekommen bin. Ich erzähle ihr von meinen nächtlichen Erlebnissen, meinen Begegnungen und dann dem Drang, sie zu sehen. Ich teile ihr mit, daß ich beschlossen habe, ins Büro zurückzukehren. Ich habe nichts Böses getan. Sie ist nicht davon überzeugt. Antwortet mir, daß sie nicht meine Mutter ist. Ich küsse sie und nehme sie in die Arme. Ihr Körper ist warm. Sie richtet sich im Bett auf. Ich lege meinen Kopf an ihren Unterleib. Ihre Hände halten mich zurück. Sie beugt sich zu mir, und ich bemerke eine Träne auf ihrer Wange. Ich sage mir, ich hätte den Anzug ihres Mannes nicht anziehen sollen. Nein, ich bedaure nichts. Er ist vor langer Zeit gestorben. Ein neues Leben fängt an, ohne Skrupel oder Gewissensbisse. Gleichzeitig denke ich an meinen Tod. Er wird nichtssagend sein. Ich denke an das Getier, das meine Leber, meine Lungen und mein Herz auffressen wird. Ich denke an meinen Vater, von dem nur noch die Knochen unter dem Grabstein übrig sind. All diese

Bilder laufen in wenigen Sekunden ab. Als ich Najias nasse Lippen küsse, verspüre ich einen furchtbaren Drang zu leben.

Ich verlasse das Haus, nehme ein Taxi ins Büro. Ich gebe ein dickes Trinkgeld. Als der Schaouch mich sieht, nimmt er Habtachtstellung ein und salutiert, als wäre ich ein höherer Offizier. Eine Sekretärin lächelt mich an und sagt:

– Sie riechen aber gut, Herr Mourad!

Ein Kollege bleibt stehen und schüttelt mir die Hand.

Als ich in mein Büro eintrete, sehe ich eine alte Schreibmaschine am Boden. Die neue Sekretärin fragt:

– Warum haben Sie diese alte nutzlose Maschine zurückgebracht? Das war doch nicht nötig.

Ich bin überrascht. Ich habe nichts zurückgebracht. Ich lächle und sage nichts. Ich bücke mich und sehe mir dieses alte Stück näher an. Es ist keine Olivetti, sondern eine Remington. Das Ganze war nur eine Kabale. Ich bin erleichtert. Auf meinem Schreibtisch liegen ordentlich aufgestapelte Akten. Die Sekretärin macht mich darauf aufmerksam, daß die Baugenehmigungsanträge in meiner Abwesenheit geballt eingereicht worden sind.

H. H. kommt an, lächelnd und herzlich. Er umarmt mich, wie unter Männern in Marokko üblich. Auch er riecht gut.

– Nun, geht es Ihnen besser? Wie war die Woche Kurzurlaub? Sie hatten es nötig. Der Chef und ich haben uns gesagt: «Er muß unbedingt eine Pause einlegen; er arbeitet zuviel; er wird sich übernehmen, und wir werden nicht mehr auf seine Dienste zurückgreifen können!»

Ich bedanke mich bei ihm. Er weist mich darauf hin,

daß die Maschine am Boden im Weg ist und bittet die Sekretärin, sie nach hinten in den Schrank zu stellen.

Als wir alleine sind, sieht mich H. H. an, lächelt und sagt:

– Willkommen im Club!

Paris / Bubion
(Februar – Oktober 1993)

GLOSSAR

Aïd el Kebir Opferfest, bei dem, in Erinnerung an das von Gott von Abraham geforderte Opfer seines Sohnes Isaak, Schafe geschlachtet werden.

Chawki, Ahmad ägyptischer Dichter (1868–1932)

Djellaba langer, weiter Übermantel aus gewebter Lamm- oder Kamelwolle mit Kapuze und Ärmeln; von Männern und Frauen getragen

Gandura ärmelloses langes Hemd, das die nordafrikanischen Araber als Unterwäsche tragen

Hadithen mündlich überlieferte und in verschiedenen Schriftsammlungen zusammengefaßte Worte und Taten des Propheten Mohammed

Hadj Titel eines Mekka-Pilgers

Harira dicke, eintopfartige Suppe, die besonders während des Ramadan sehr beliebt ist

Kalila und Dimna Ursprünglich persische Sage, die von Ibn Muqaffa (721–757) ins Arabische übertragen wurde

Khayyam, Omar persischer Wissenschaftler und Dichter (1050–1123)

Medina	arabisches Viertel
Omra	kleine Pilgerreise nach Mekka
Oulmès	marokkanisches Mineralwasser
Schaouch	Türsteher, Pförtner
Schari'a	islamisches Recht
Serual	weitgeschnittene schwarze Hose, an den Knöcheln eng geschlossen
Tarbusch	arabisch für Fes, die schirmlose Kopfbedeckung aus zumeist roter Wolle
Zakat	nach koranischem Recht geforderte Abgabe von zehn Prozent an die Armen

Die Übersetzung der Sure vom gegenseitigen Betrug nach *Der Koran.* Übers. von Max Henning, VMA; Wiesbaden o.J., S. 511 f.